Für Holger und Anneke

Cover: Gestaltung Florian Haberey
Foto: Exzenterhaus Bochum
Lasershow Autohaus Wicke

Impressum

Bibliografische Information der
Deutschen Nationalbibliothek: Die
Deutsche Nationalbibliothek verzeichnet
diese Publikation in der Deutschen
Nationalbibliografie; detaillierte
bibliografische Daten sind im Internet
über dnb.dnb.de abrufbar.

© 2020 Waltraud Sophie Reich
Herstellung und Verlag: BoD – Books on
Demand, Norderstedt
ISBN: 978-3-7519-8234-4

Waltraud Sophie Reich

Alltagsgeschichten

Foto: Peter Lück

Bochumer Literaten
Autorengruppe 2018

10 Jahre Bochumer Literaten,
aus „Einblicke in die Werkstatt"
Projekt-Verlag Bochum/Freiburg

(Ausschnitt: Interview Dr. Nils Rimkus
mit der Autorin)

Interview

Sophie, wann ging es los, dass Du Dich für das geschriebene Wort interessiert hast? Es muss sich ja irgendwann eine Affinität zum Schreiben begründet und eingestellt haben.

Ich war als Kind sehr viel mir selbst überlassen und habe immer viel gelesen. Der Zugang zu Büchern war da, das wurde auch gefördert. Und ich konnte immer schon – ich war ein bisschen schüchtern –

das, was mir wichtig war, besser schreiben als sagen. Bis heute. Das ist mein Ausgangspunkt.

Was waren das für Texte? Schon kleine fiktionale Texte?

Nein, das fing an mit Briefeschreiben an Freunde, an die Kinder in der Ferne, immer nah am tatsächlichen Geschehen. Und natürlich Tagebuch. Schon als Teenager, in Zeiten emotionalen Aufruhrs, schrieb ich mir von der Seele, was mich beschäftigte.

Das Tagebuchschreiben war also eher das, was man heute therapeutisches Schreiben nennt?

Ja, nun ja. So war das bei mir.

*Hat sich das bis in die Gegenwart fort-
gesetzt?*

Nein, viele Jahre habe ich gar nicht mehr
geschrieben, weil ich so in meinem
glücklichen, ausgefüllten Leben war. Erst
als ich 2004 meine Galerie zugemacht
habe, entstand eine Leere, plötzlich hatte
ich viel Zeit, dazu kam eine unglückliche
Liebe. Wie es zu der Trennung kam, das
musste verarbeitet werden. Anfangs
wollte ich nur über dieses Liebesunglück
schreiben, aber es entwickelte sich immer
mehr zu einem Selbstläufer. Ich dachte,
ich muss diese Person, die unglücklich
verliebt war und traurig ist, dem Leser
oder Zuhörer erst einmal vorstellen. So
entstand eine Art Buch, mit Blick weit zurück bis in die Kindheit. Ich nannte diesen
autobiografischen Bericht „Wie lieblich
sind meine Wohnungen", denn innerhalb

Bochums bin ich damals dreimal umgezogen, auch das ergab viel Erzählstoff. Der Auslöser für meine Schreiblust war aber schon jener Ex-Freund, der Gedichte schrieb, die ich sehr mochte. Rückblickend bin ich ihm dankbar für diese Anregung.

Und da hast Du dann nur für Dich geschrieben, oder wolltest Du mit dem Schreiben Geld verdienen? Hattest Du bis dahin schon Lesungen?

Nein, nein, gar nicht! Es ging um die Liebe zur Literatur, die Liebe zum Schreiben. Deshalb habe ich mich ja bei den Bochumer Literaten beworben: Ich wollte gern mit Menschen zu tun haben, die sich auch damit beschäftigen. Es war auch eine Sehnsucht nach Gesellschaft, nach neuen Kontakten. Ich las 2008 einen Artikel in der Zeitung über die BoLits, man könne sich mit Texten bewerben, was ich tat, und so wurde ich aufgenommen.

Was genau bedeutet Dir das Gemeinsame in der Gruppe?

Ich brauche die Anregung von außen. Und mag die Lesungen als Teil einer Gruppe. Allein, wie eine Schauspielerin auf der Bühne im Fokus zu stehen, das wäre nicht mein Ding. Ich will immer mit einer Gruppe mitlaufen, aber so am Rande. Nicht so wichtig sein, mich auch mal ein bisschen verstecken können, dann bin ich schon ganz zufrieden.

Aber die Lesung ist doch ein öffentlicher Moment, Du stehst doch dann auch im Fokus. Hast Du davor keine Angst?

Lampenfieber habe ich immer! Aber mein Lohn ist eben dieser öffentliche Auftritt. Es gefällt mir, wenn Leute im Publikum sind, die sagen, ja, hat uns gut gefallen. Ich habe oft das Gefühl, dass meine Texte in den Augen manch anderer Schreiber zu *normal* sind. Aber ich merke, wenn wir auftreten, dass ich immer ein sehr gutes Feedback habe bei den Leuten und sie meine Sachen mögen. Vielleicht weil sie im Kontrast stehen zu dem, was sonst an dem Abend, bei der Lesung geboten wird.

Ja, mitunter wirken bei Lesungen manche Texte wie eine intellektuelle Druckbetankung. Da schließe ich mich ein; ich neige beispielsweise zu sprachlicher Überfrachtung. Viele im Publikum, denen sieht man das an, die wissen mit so einem Text dann nichts anzufangen. Vor diesem Hintergrund sind deine Texte auf eine char-

mante Art unambitioniert. In Deinen Texten kommt außerdem Deine große Stärke zum Tragen, dass Du die Figuren so liebevoll darstellst. Das fängt natürlich den Leser total ein. Es hat auch eine psychische Message: Weil ich dadurch die Liebe zum Menschen lerne, oder Du sie mir vorlebst, oder auch die Liebe zum Tier – ich denke gerade an deine Spinne, man liebt die ja hinterher, als wenn es ein Mensch wäre. Und das machst Du halt mit den Hörern. Wie entstehen Deine Geschichten?

Ich muss etwas erleben, etwas, was mich inspiriert und mir einen Anstups gibt, dass ich selber schreibe. Das ist wichtig, ich brauche diese Impulse von außen. Ich habe eine Lieblingsgeschichte, Titel *Das singende Kino*. In dieser Geschichte gehen Leute ins Kino und im Vorprogramm hebt sich die Leinwand, aus dem Film heraus redet ein Dirigent, er sagt, wir alle singen jetzt den Kanon *Mein Hahn ist tot, mein Hahn ist tot*. Und das klappt! Dass dieses Kinopublikum im Kanon singt und der dirigiert, gibt die Einsätze, das hat mich tief beeindruckt. Da kriege ich heute noch eine Gänsehaut.

Und das hast Du hier erlebt?

Ja, ja, hier im *Cinema* im Uni-Center, hat leider längst geschlossen. Ich war ja auch 20 Jahre Chorsängerin, und dann erlebe ich diesen imaginären Dirigenten vor realen Menschen: er hat die Pausen gekannt, er gibt den Einsatz, und alle haben wunderbar gesungen. Das werde ich nie vergessen. Das musste ich sofort aufschreiben.

Da ist ein Erlebnis, das fasziniert Dich – und daraus wird eine Geschichte. Dann nehme ich an, dass Du die Panzer in der Heide tatsächlich gesehen hast?

Stimmt. Nur den Obdachlosen habe ich erfunden (lacht).

Das ist meine Lieblingsgeschichte. Wie entstand sie?

Die Panzer standen so zehn, fünfzehn Kilometer hinter dem Halterner Stausee. Dieser Fotograf, mit dem ich da war, lichtet *Lost Places* ab. Mich hat diese besondere Atmosphäre, dieser leere Wald, dieses verlassene Militärgelände, diese Stille und Leblosigkeit, da sang kein Vogel, sehr beeindruckt. Dann hab ich mich hingesetzt und fing an zu schreiben. Da sagte der Fotograf: Das nachzuerzählen, eins zu eins, das kann ja jeder. Da hatte er recht! Also gut, dann sollte ich da etwas hinzudichten... (lacht).

Hinzudichten hört sich fast schon abwertend an. Aber der äußere Anstoß, eine Inspiration, ist doch häufig Ausgangspunkt des Schreibens, auch fiktionalen Schreibens?

Ja, oft aber reicht meine Fantasie nicht, mir etwas auszudenken. Ich muss immer nah am tatsächlich Erlebten bleiben. Das hat etwas mit Ehrlichkeit zu tun, mit meiner Wahrheitsliebe. Ich könnte mir vorstellen, bei entsprechender Ausbildung, wäre ich gerne Journalistin geworden, um über Kunst und Literatur zu berichten. Das hätte mir Spaß gemacht. Da muss man sich auch kurzfassen. (lacht)

Hast Du literarische Vorbilder?

N ein, eher nicht. Obwohl ich sehr viel lese, immer die aktuellen Neuerscheinungen, die Bestseller der großen Roman-Autoren. Wenn ich dann in diesem Fahrwasser bin, übernehme ich beim Schreiben deren Sprachrhythmus, das geschieht aber eher unbewusst. Wenn ich mich dabei ertappe, ändere ich, zitiere dann offiziell.

Du warst bis 2004 Galeristin, hattest dein Berufsleben herum gebaut um Leinwand und Farbe und bildliche Darstellungen in Gemälden. Dann dein Faible zu Texten und Worten; im Grunde etwas sehr Abstraktes. Wie bringt man das zusammen?

Die Liebe zu Wörtern, Texten, Büchern war immer da. Als ich noch gemalt habe, brachte ich Rilke-Verse und die anderer Dichter auf die Leinwand, die ich in die feuchte Farbe ritzte. Das waren meine Wortbilder, also schon eine Berührung mit Text und Sprache. Jetzt ist Papier mein Bildträger. Ich schrieb über einen Museumsbesuch, über den Schweizer Künstler Ursus Werhli, der in den Bildern berühmter Maler „aufräumt", über ein Portrait, das Leonardo da Vinci zugeschrieben wird... also da sind schon einige Texte über Kunst entstanden.

Manchmal sind Deine Texte auch wie Bilder. Ich erinnere mich an die schon erwähnten Panzer, die im Wald stehen, das ist für mich ein Gemälde, ich sehe es als Bild.

Ja, ich versuche, eine Atmosphäre aufzubauen, eine Landschaft zu beschreiben, Worte wie Farbtupfer zu setzen.

Da schließt sich die Frage nach dem roten Faden an. Hast Du einen „Auftrag"?

Der Auftrag kommt durch die Mitgliedschaft in der Autorengruppe. Bei den Frühjahrs - und Herbstlesungen einigt man sich auf ein übergeordnetes Thema, die Lesung bekommt einen Titel. Diese Anregung brauche ich! Wie in der Schule, wenn man ein Aufsatzthema bekam. So einen Äußerungsdrang aus dem Inneren, den habe ich nicht.

Hast Du Pläne für ein neues Buch?

Ich habe meine Geschichten, die Kurzgeschichten, die dank der BoLits entstanden sind, 2015 über BoD veröffentlicht in einem kleinen Sammelband *Planmäßige Ankunft*. Bis Ende 2019 möchte ich alle neuen Geschichten, mit dem Titel *Planmäßige Abfahrt* herausgeben. BoD, das weiß man, ist kein richtiger Verlag. Aber darum geht es mir nicht. Ich habe nie versucht, mit meinem wenigen Geschriebenen irgendwelche Verlage anzuschreiben und zu fragen, ob sie das interessiert.

Aber dass dein Schreiben eine Buchform erhält, das ist dir wichtig?

Ja, eigentlich für mich... (lacht), weil ich Bücher so liebe! Das ist mir schon wichtig, dass es diese (be)greifbare Form bekommt, E-Books sind nicht so meins. Wenn es um mein Schreiben geht, da habe ich keinen Auftrag im Sinne einer Mission. Ich bin auch kein politischer Mensch. Ich will unterhalten, mehr nicht.

Foto: Wikipedia

Die Patientin

Wie hatte das passieren können, ihr, Mira, immer gesund, selten ein Krankenhaus von innen gesehen und jetzt das? Welche Schnapsidee, dem Verlangen nach Bewegung an frischer Luft nachzugeben, obwohl es bereits dämmerte und zu regnen begonnen hatte: Um dann auf rutschigem Waldboden über eine Baum-wurzel zu stolpern, und mit einem wahn-sinnig machenden Schmerz im linken Fuß hilflos liegenzubleiben! Sie hatte gerade noch im Handy 112 drücken können - dann wurde ihr schwarz vor Augen. Wie sie ins Krankenhaus gekommen war: keinerlei Erinnerung! Nur dank Handy-Ortung habe man sie aufgespürt, sagte später der behandelnde Arzt, ihr Sprunggelenk sei gebrochen, eine komplizierte Fraktur, man hätte sofort operieren müssen...diese Papiere hier wären noch zu unterschreiben!

Mira sitzt im Rollstuhl, wochenlang darf sie den Fuß nicht belasten. Bei der Körperpflege benötigt sie Hilfe, das Essen wird ihr im Zimmer serviert. Ein Einzelzimmer mit Zugang zu einer kleinen Terrasse, Blick ins Grüne, ein Privileg, sie sollte zufrieden sein, doch sie hadert mit Allem! Das Fernsehgerät bleibt ungenutzt, Bücher und Zeitschriften ungelesen, auf nichts kann sie sich konzentrieren. Die Nachwirkungen der Narkose, der starken Schmerzmittel, versetzen sie in eine mutlose Lethargie. Von Ärzten, Schwestern, Pflegern vierundzwanzig Stunden täglich fremdbestimmt, selbst ihr Schlaf gehört Betäubungsmitteln: Ein schwerer Schlag gegen ihre Selbständigkeit, auf die sie stolz war.

Mira sitzt im Rollstuhl. Das Geschirr vom Abendessen ist abgeräumt und bis auf den Besuch der Nachtschwester, die ihr ins Bett helfen wird, ist keine Störung mehr zu erwarten. Ein milder Abend, die Terrassentür geöffnet, die Vorhänge bewegen sich leicht im Luftzug. Ihr Blick fällt auf den bandagierten Fuß, der in einem halt gebenden Filzschuh steckt: Da sitzt eine Maus! Sie glaubt an eine Halluzination, reibt sich die Augen: träumt sie denn? Nein, tatsächlich, eine Maus, die jetzt, durch Miras Bewegung aufgeschreckt, flüchtet, nach Deckung sucht.

Mira klingelt nach der Schwester. Beim Eintreten wirft die nur einen kurzen Blick auf das Tier, stößt einen Schrei aus und stürzt aus dem Zimmer! Wenig später steht die resolute Schwester Hildegard im Türrahmen „Hier soll eine Maus sein?

Eine Maus im Krankenhaus, unmöglich, Mäuse sind nicht steril, Bakterienträger- wo ist sie denn?"

Das verängstigte Tier hat sich unter einem Schrank verkrochen, man hört ein leises Fiepen. Die Schwester, etwas übergewichtig, geht ächzend in die Knie, und versucht mittels einer zusammenge- rollten Zeitung, die Maus aus ihrem Versteck zu vertreiben: Ohne Erfolg. Sie kehrt mit dem Nachtpförtner zurück. Er schließt schnell die Tür hinter sich, damit das Mäuschen nicht in den Flur entwischt. Die Nachricht über den ungebetenen Gast hat sich in Windeseile auf der Station her- umgesprochen, kleine Abwechslung in der Krankenhausroutine, die eine Lernschwe- ster und den diensthabenden Assistenz- arzt herbeilockt: „Tür zu!" ruft der Pfört- ner. Jemand bringt einen Wischmopp. Nur widerwillig lässt sich die Maus in

Richtung Terrassentür schieben, fast so, als wolle sie nicht zurück ins Freie. Da greift der Pförtner nach ihr, nimmt sie in die Hand: "Seht mal, die ist doch ganz zahm, eine Haselmaus, ist sie nicht niedlich?" Streichelt sanft über das weiche, grau-braune Fell und geht, grinsend mit der Maus in der Hand, zur Tür hinaus.

Mira sitzt im Rollstuhl. Vor Mäusen fürchtet sie sich nicht, Angst hat sie vor etwas ganz Anderem! Ihre mühsam aufrechterhaltene Beherrschung bricht plötzlich zusammen: Der Anblick dieses winzigen Fellbündels, dass bisschen Natur, zu ihr in die sterile Welt der Klinik vorgedrungen, löst jetzt einen Weinkrampf aus, der ihren Körper durchschüttelt, sie heult Rotz und Wasser. Aber allmählich versiegt ihr Tränenstrom, das Gedanken-Karussell über Altern, Krankheiten, dem Tod, der immer näher rückt, werden, wie nach einem reinigenden Gewitterregen, fortgespült. Sie weint, lacht im Wechsel, spürt ein neues, noch ungewohntes Vertrauen in die Zukunft: Was bedeutete schon eine Gelenk-Operation? Ein vorübergehendes Handikap, andere haben Schlimmeres auszuhalten!

Als später die Nachtschwester fragend auf Miras verweintes Gesicht deutet, lächelt die Patientin: „Nein, es ist nichts"... und denkt an den Vers aus Mascha Kalékos Gedicht *Rezept:*

Jage die Ängste fort
und die Angst vor den Ängsten...

Sage nicht mein.
Es ist dir alles geliehen.
Lebe auf Zeit und sieh,

wie wenig du brauchst.
Richte dich ein.
Und halte den Koffer bereit.
Es ist wahr, was sie sagen:
Was kommen muss, kommt.
Geh dem Leid nicht entgegen.
Und ist es da,
sieh ihm still ins Gesicht.
Es ist vergänglich wie Glück.

Foto: „Störtebekers Schatz"- Friesische Märchen, Schuster-Verlag, Leer

Die Suche

Etwas ratlos hatte Lisa das Buch betrachtet, das eben mit der Post gekommen war. Bestellt hatte sie nichts, wer konnte der Absender sein? Sie entfernte das Geschenkpapier, las den Titel, öffnete zögernd den beigelegten Brief. Erfreut erkannte sie die etwas chaotische Handschrift von Hans, von dem sie lange nichts gehört hatte:

„Liebe Lisa, aus einer Bemerkung von dir ist eine fixe Idee bei mir geworden: Erinnerst du dich? An deine etwas wehmütige Schilderung, wie dir als Kind - ihr wohntet damals noch in Hannover - das Märchen vom Dollart-König und seinen Wellenhunden vorgelesen wurde?

Habe ich mir gemerkt – den Dollart König und die Wellenhunde. Ich begann im Internet zu recherchieren, fand aber unter dem Oberbegriff „Dollartkönig" nichts, unter „Wellenhunden" bei zig-Suchmaschinen auch nichts. In der Stadtbücherei waren sie auch überfragt, zumal sie keine Stichwortkartei bei den Märchen und Sagen haben. Nicht einmal eine regionale Eingrenzung war möglich. Also habe ich versucht, das Thema auf Niedersachsen zu beschränken. Sie hatten aber keine Märchen und Sagen aus Niedersachsen. Sie hatten Märchen und Sagen aus Peru und natürlich von Indianern, aus Ostpreußen und natürlich aus Skandinavien. Sie hatten viele Märchen aus Irland. Aber keine aus Niedersachsen.

Also bin ich wieder ins Internet. Dort fand ich die Dollart-Route. Eine Fahrradroute. Schöne Homepage, allerdings ohne Märchen. Die größte Stadt auf dieser Route ist Leer. Also habe ich an die Stadtverwaltung Leer gemailt, ob irgendjemand einen Dollart-König und Wellenhunde kennt. Eine Frau Salie mailte zurück, sie hätte den Stadtarchivar gefragt, der aber keinen Dollart-König und keine Wellen-hunde kenne. Ich solle es bei dem Verleger Theo Schuster in Leer versuchen. Herr Schuster wusste nichts, verwies auf seinen Spezialisten für Ostfriesica, einen Herrn Sap, der aber zur Zeit nicht im Hause sei. Die Telefonistin sagte immer *moin-moin,* bis ich sie darauf hinwies, dass ich aus Bochum anriefe, wo diese Begrüßung ungebräuchlich sei. Sie sagte dann, wenn sie meinen Namen hörte – nach einer Schrecksekunde – immer *Guten Tag.*

Herr Sap kannte einige Dollart-Könige, aber leider keinen im Zusammenhang mit Wellenhunden. Ich solle nachmittags noch mal anrufen. Am Nachmittag sagte er, es gäbe eine Sammlung mit Dollart-Märchen, die sei vor Jahren erschienen, er würde sich darin, aber auch noch in anderen Registern, kundig machen. Er fragte interessiert, wie ich darauf käme: Dollart-König und Wellenhunde? Da habe ich ihm erzählt, ich hätte eine sehr liebe Freundin, die einmal, mit meiner Partnerin und mir auf dem Balkon sitzend, von Kindheitserinnerungen erzählte, und in diesem Zusammenhang sei ihr wieder das Märchen eingefallen, das sie zu gerne noch einmal lesen würde. Jetzt hätte ich gehofft, ich könne ihr eine klitzekleine Erinnerung zurückgeben, zumal ich schon von ihr so viel gegeben bekommen habe. Das fand er schön.

Er glaube, dass diese Recherche noch einige Tage in Anspruch nehmen werde, er sei aber zuversichtlich: ich solle Mitte der nächsten Woche noch einmal anrufen.

Bei diesem Telefonat bekam ich den entscheidenden Hinweis: Der Schriftsteller Albrecht Janssen (1886 bis 1927) habe alte friesische Märchen gesammelt, die volkstümlichen Überlieferungen neu erzählt und unter dem Titel „Störtebeckers Schatz" im Schuster-Verlag, Leer, veröffentlicht. Unter folgender ISBN-Nummer könne ich das Buch, das du, liebe Lisa, jetzt in den Händen hältst, bestellen. Auf Seite 65 fände ich das Märchen von der „Königsbraut", samt Dollart-König und Wellenhunden.

Natürlich habe ich dein verschollenes Märchen sofort gelesen und verstehe, warum es dich so nachhaltig berührt hat: Die schöne, stolze Aaltje Huizinga, die auf einer Wasserburg lebte, *dort, wo die Wasser der Ems sich mit den Wogen des Dollart mischen...* für ihren Hochmut bitter bezahlen musste und nur durch die

Liebe ihres treuen Großknechts gerettet wurde: Ende gut, alles gut!

Und wenn es noch nicht gut ist, ist es auch noch nicht das Ende..

dein Hans"

Foto: privat

Michael Starcke (* 19.12.1949,
✝ 19.02.2016)

in memoriam

Lieber Michael,

ich schreibe an dich, weil ich diese mir lieb gewordene Gewohnheit so schwer aufgeben kann, auch, wenn du nicht mehr da bist! Beinahe jeden Tag denke ich an dich: Immer dann, wenn ich nach dem Duschen die Wassertropfen auf dem Bild mit den drei Kartenmotiven abwische, die du mir einst aus dem Urlaub geschickt hast. Ein rot-weiß-geringelter Leucht-turm, ein Fahrrad mit Badesachen im Korb, eine Dünenlandschaft unter blauem Himmel, eine sich im Wind wiegende Möwe – meine Sehnsuchtsbilder, die auch deine waren. Bist du nicht jeden Sommer mit deiner Frau nach Scharbeutz an die Ostsee gereist? Wie viele Meer-Gedichte mögen da vor Ort entstanden sein: wurden sie je gezählt?

ich schreibe wörter mensch, ist der Titel einer der vielen Gedichtbände, die du zu Lebzeiten veröffentlicht hast. (Das *Wort, Wörter,* darüber rätseln Sprachforscher bis heute, ob *Buch* und *Buchstabe* daher rühren könnten, dass die alten Germanen ihre Runen ins Holz der Buchen ritzten...). Deine Lyrik schriebst du konsequent klein, linksbündig angeordnet. Vermutlich aus gestalterischem Antrieb, vielleicht aber auch, um den Wörtern ihre Wichtigkeit zu nehmen: sie sollten sich *klein* machen. Im Gegensatz zu einer grundsätzlichen Bescheidenheit, konntest du sehr empfindlich, oft überreagieren, wenn du meintest, nicht genügend Anerkennung, gar Missachtung zu erfahren. Was uns (auch) verbunden hat: Ein widersprüchliches Lebensgefühl, der Wechsel von Melancholie, Schmerz und Ängsten zu spontaner, sehr intensiver Lebensfreude und Lachlust!

Die Arbeit am Gedicht war deine Form des Überlebens: *meine Poesie bin ich, sanft und melancholisch, aber auch verzweifelt wie der Schrei, mit dem man hochschreckt aus Visionen und Träumen"*.

Wir schrieben uns häufig Emails, trafen uns jedoch, außer bei deinen Lesungen oder, bevor du die Gruppe dann verlassen hast, bei den monatlichen Treffen der „Bochumer Literaten", eher selten. Nach deinem Austritt verabredeten wir uns manchmal im Biercafé am Shakespeare-Platz zusammen mit den Märkert-Brüdern, wo dann – beim Genuss etlicher Biere - viel gelacht wurde. Pünktlich jede Woche aber bekam ich per Briefpost eine Doppelkarte, die auf der Front ein farbiges, der jeweiligen Jahreszeit angepasstes Fotomotiv und auf der linken Innenseite dein neustes Gedicht zeigte: ausgedruckt, ausgeschnitten und sorgfältig aufgeklebt. Auf der Seite gegenüber einige persönlichen Zeilen, geschrieben in flüssig-blauer Tinte. Diese private Post war etwas Besonderes in digitalen Zeiten von Facebook und WhatsApp: Wer schreibt noch Briefe, wer klebt Briefmarken auf Umschläge, macht sich auf den Weg zum Postkasten? Nie hast du deine Karte an mich vergessen, selbst aus dem Urlaub, wo immer es dich gerade hinzog, erreichten mich deine Gedichte. Jetzt besitze ich eine Sammlung von etwa 300 Karten, ein autobiografisches Erbe, das ich wie einen Schatz hüte.

Noch Ende Januar 2016, drei Wochen vor deinem Tod am 19. Februar, schriebst du mir voll Vorfreude von der Veröffentlichung deines neusten Gedichtbandes:„Ich bin gespannt wie ein Flitzebogen, am 14.April wird das neue Buch in der Hauptstelle der Bochumer Stadtbücherei vorgestellt". Um so bestürzender dann die plötzliche Nachricht deines Todes: Schock!

Die Planung für gemeinsame Lesungen, ich zeigte zeitgleich meine großformatigen Bilder, geschah spontan und unkompliziert, die Einladungen dazu gestaltete dein Zwillingsbruder Peter: Zuerst im Restaurant Haus Oveney am Kemnader See, später in der Querenburger Bücherei, zuletzt im Januar 2015 im Café Ferdinand. Wir wurden uns bei der Planung schnell einig. Immer machtest du mir Mut, schriebst das Vorwort für meine zwei beim BoD-Verlag veröffentlichten Bücher, gabst Ratschläge, wenn es galt, Formulierungen zu verbessern.

Bei deinen zahlreichen Auftritten begleitete dich oft ein befreundeter Gitarrist, der in den Lesepausen kurze klassische Stücke spielte. Es gab keinen festen Leseplan, ein kurzes Kopfnicken in Richtung Musikus gab das Startsignal. Ab und zu geriet der Spieler aus dem Takt, dann hörte man, sehr zur Erheiterung des Publikums, einen deftigen Fluch und er begann noch einmal von vorn.

Das alles ist Vergangenheit. Dein *skeptisches, warmherziges Ich* aber lebt weiter in deiner Poesie und in den Herzen aller, die dich liebten, schätzten, deine Freunde waren!

> *vielleicht war es der zufall*
> *der mich in die sensible haut*
> *eines menschen steckte mit dem*
> *bedürfnis zu dichten.*

ein schönes gedankenspiel,
was ich sonst noch hätte
werden können,
eine möwe, ein hund
namens anton,
ein silbriger fisch.

die antwort gibt womöglich
ein anderes leben,
eine andere zufallsmacht.

hier bin ich,
ein empfänger von sprache,
rastloser schreiber,
unauffälliger bestandteil des
gewaltlosen grüns,
der bestehenden welt.

bedingungslos ist meine liebe
und nicht nur ein wort,
zeitlos in einem seligen,

oft aber auch traurigen,
abendblauen licht.

ALLTAGSGESCHICHTEN

Zeitdruck

Man kennt das: Im Supermarkt vor der Kasse wie so oft in der falschen Schlange angestellt: Die Kassiererin muss eine neue Registrierrolle einlegen, ein Kunde vergisst, das Obst vorher auszuwiegen, sie muss ihren Platz verlassen, um den Preis zu ermitteln; das Scheckkartenlesegerät nimmt die Karte nicht, falscher Pin, fast bekommt man Mitleid mit der jungen Frau, die gerade alles aufhält. Plötzlich ist Wachablösung, eine andere Kollegin übernimmt die Kasse! Das dauert..., neidisches Schielen zur zweiten Kasse, wo natürlich alles reibungslos abläuft: zu spät.

Bei der Expo seinerzeit in Hannover, als sich lange Schlangen vor den jeweiligen Pavillons bildeten, gab es „Schlangenbeschwörer": Harlekine, Musikanten, die das wartende Publikum ablenkten, amüsierten. Man lächelte, versöhnte sich mit der Wartezeit. Liebe Supermarktmanager: macht das bitte ebenso! All die verkniffenen Gesichter, heruntergezogene Mundwinkel, die genervten Blicke auf die alte Frau, die ihr Portemonnaie der Kassiererin hinhält, damit sie die Münzen heraussucht.

Sitzt man im Auto, muss pünktlich zu einem wichtigen Termin, ist ohnehin schon spät dran, zeigen alle Ampeln Rot, die Straßen verstopft. Jetzt hört man das Signal eines Rettungswagens, wohin nun, rechts oder links, eine Gasse bilden, schnell reagieren, bloß nicht im Weg stehen. Es hilft, eine CD in den Player zu schieben, die wunderbare Cecilia Bartoli singen zu hören „Ach habe Geduld mit mir". Musik von Bach beruhigt, Mozart hilft auch, selbst Kühe sollen bei dieser Art Musik-Berieselung mehr Milch geben.

Ja bitte, seid geduldig! Zeigt Gelassenheit! Erstaunt registriert man auf dem Rückweg, nun ohne Zeitdruck, die selten erlebte „Grüne Welle" auf dem Stadtring, man rauscht nur so durch, ist im Nu wieder daheim.

Warum ist es immer Freitagnachmittag, wenn das Auto nicht anspringen will, alle Versuche, es zum Fahren zu bewegen scheitern und nur eine Werkstatt helfen könnte? Die natürlich schon geschlossen hat: Freitags ab 14 Uhr legt jeder Handwerker sein Arbeitsgerät nieder. An der nächsten Tankstelle rechnen Kassiererinnen das ab, was man früher ausschließlich im Supermarkt kaufen konnte. Alles da, eingelegte Gurken, Vollkornbrot, Tiefkühlpizza, Milch, was du gerade brauchst. Fragt man nach *technischer* Hilfe, zucken sie hilflos mit den Achseln: der Kollege, der sich *etwas* auskennt, hat frei, bereits Feierabend, ist krank. Wie gut, dass es die *Gelben Engel* vom *ADAC* gibt: Sie eilen herbei, können helfen, wahre Retter aus der Not!

Und warum bekommen Kinder hohes Fieber in der Regel am Wochenende, wenn die Praxis des vertrauten Kinderarztes unerreichbar, der Babysitter schon eingetroffen ist und der Ehemann die Theaterkarten gerade im Ausgeh-Jackett verstaut? Jetzt in die Notfall-Ambulanz des Krankenhauses? Wartezeit erfahrungsgemäß zwei Stunden, gefühlt eher fünf? Was ist ein fieberndes Kind im Vergleich zu wirklich ernsten Fällen, die natürlich Vorrang haben? Eltern sind immer über-

besorgt. Besser, sich an die alten Haus-
mittel zu erinnern, aber ob der Babysitter
sich auf das Anlegen von kühlenden
Wadenwickeln versteht? Seufzend zieht
man sich wieder um, bleibt beim kranken
Kind, dem es, oh Wunder, schon nach
kurzer Zeit wieder besser geht!

Nebenwirkungen
oder Unfreiwillige Morgengymnastik

Sich am Handtuchhalter über der Wanne festhalten, mit äußerster Konzentration das rechte Bein heben, den hohen Schritt über den Wannenrand wagen, das zweite (schlimme) Bein nachziehen: Geschafft! Duschen, vorher die Anti-Rutschmatte nicht vergessen, Beine spreizen, Schenkel, die nur unter Schmerzen eine Lücke zulassen, um sich untenherum säubern zu können: Schmerz lass nach!

Ins Schlafzimmer humpeln, frische Unterwäsche und Leggins bereit legen, auf der Bettkante sitzen: mit dem rechten Bein versuchen, in die Slip-Öffnung rechts zu kommen, *ohne* dass der kleine Zeh hängen bleibt (tut er immer) schimpfen, es noch einmal versuchen, ja nicht die

Unterhose loslassen, rutscht sie auf den Fußboden, ist man verloren: bücken geht gar nicht! Wie gut, dass die Greifzange in der Nähe steht, unverzichtbare Hilfe. Linkes Bein nach rechts drehen, versuchen, die andere Öffnung zu treffen – der schon erwartete Schmerz trifft prompt ein, Zähne zusammenbeißen, hinein damit, schwer atmend eine Hürde gemeistert. Jetzt in die Leggins, das gleiche Procedere, dann mit einem Ruck aufstehen und zusammen mit dem Slip hochziehen. Strümpfe anziehen kannst du vergessen, geht gar nicht. Es gibt eine Strumpfanziehhilfe, ein Schienen-Gerät, über das die Socken von links übergestülpt werden und dann richtig sitzend auf dem Fuß landen sollen, vorausgesetzt, man durchschaut diesen komplizierten Vorgang. GottseiDank ist der November sehr mild, da reichen die Filzpantoffeln noch aus. Völlig erschöpft zurück ins Bett, halb angezogen, aber immerhin gesäubert. In Rückenlage mit ausgestreckten Beinen sich von zwanzigminütigem, schweiß-treibenden Anziehstress erholen!

„Neu in Deutschland - Zeitung über Flucht, Liebe, das Leben"

Die *nid* Zeitung lese ich seit etwa einem Jahr, vorher wusste ich leider nichts von deren Existenz.

Jetzt also die Ausgabe *Frühjahr 2020*, erst im Sommer verspätet erschienen wegen der Corona-Pandemie. Lese Artikel von Flüchtlingen, die hier einen Job gefunden haben und nehme mir vor, bei der nächsten Paketlieferung ein Trinkgeld für den Boten bereit zu halten! Natürlich weiß ich vom Zeitdruck, von den schlechten Arbeitsbedingungen: aber der Bote läutet an meiner Wohnung im 2. Stock, legt das Paket hinter der Haustür ab und ist im Nu wieder fort.

Ich lese Berichte von Krankenpflegern, die hier eine Ausbildung absolvieren, (der

Pflegenotstand in Deutschland!) sicher nicht immer aus eigenem Antrieb, vermutlich auch, um überhaupt eine Perspektive zu haben, da das in der Heimat Erlernte nicht anerkannt wird. In einem Land, das es Jedem, der integrationswillig, arbeitsfreudig ist, mit seit 2015 besonders überlasteten, angenervten Jobcentermitarbeitern zusätzlich schwer macht, mit Angestellten im Ausländer-Amt, die selbst über neue, aktuelle Vorschriften, das Asyl-und Bleiberecht betreffend, nicht gründlich informiert sind, die Sprachbarriere, die ihr Übriges tut...

Ich lese das nid-Magazin, weil ich *verstehen* möchte, wie Immigranten in Deutschland leben (müssen), welche Ängste, Sorgen oder Freuden sie haben, auch wie Hass - auf *beiden* Seiten - entsteht.

Lese ich Gedichte in nid, wie „Das Verbrechen der Schokolade" (von Lamia Hassow), fühle ich mich mit der Schreiberin verbunden, weil sie sehr poetisch eine Schwäche thematisiert, die ich selber habe: Das macht, dass sich mein Gefühl von Fremdheit in Verständnis, gar Vertrautheit, verwandelt!

Denn auch ich hatte (habe) Angst. Angst vor Ungewohntem, Neuen, vor der fremden Kultur und Religion, den Kopftuchtragenden Frauen, den dunkel-bärtigen Gesichtern, die so zahlreich in Einkaufs-Zentren, auf den Straßen zu sehen und zu hören sind, wenn lautstark in ein Smartphone gesprochen wird.

Angst, nicht verstanden zu werden, wenn im Krankenhaus nach einer OP ein schlecht deutsch sprechender Arzt an meinem Bett steht, nach meinem Zustand, den Schmerzen fragt. Empfundene Scham, wenn mir ein junger, ausländischer Pfleger bei intimsten Verrichtungen im Bad helfen will, was ich spontan ablehnte: Lieber quäle ich mich allein. Aber erst jetzt frage ich, wie es *ihm* bei dieser Arbeit gehen muss, wenn in *seiner* Kultur diese Art Umgang nur bei der Ehefrau (oder Mutter) überhaupt denkbar ist? Wie viel Überwindung mag es ihn kosten?

Vor kurzem, im Wartezimmer der Frauenarztpraxis, die erst vor wenigen Monaten (aus Altersgründen) von der mir seit langem vertrauten Ärztin an eine jüngere Kollegin aus dem *Iran* übergeben wurde, saßen auf den Stühlen ausschließlich Frauen mit Migrationshintergrund, drei davon mit Kopftuch, zum Teil begleitet von ihren Ehemännern (vermute ich) und der Eindruck, nicht mehr zuhause, sondern urplötzlich selbst in einem *fremden* Land zu sein, war so stark, dass ich (vorerst) wieder gegangen bin.

Wir können uns nur bemühen, voneinander zu lernen, möglichst vorurteilsfrei aufeinander zuzugehen: Ich will es versuchen - *nid* hilft dabei!

Hängenbleiben

Sie hat es eilig, wie meistens. Sie stellt den Motor ab, greift nach der Tüte mit den Einkäufen aus dem Supermarkt, sowie den kleinen schwarzen Rucksack, öffnet die Tür und steigt aus, will aussteigen: Ein jäher Ruck hält sie fest, fast stolpert sie. Der lange Riemen des Rucksacks hat sich an der Handbremse verfangen. Bevor sie zum Einkaufen fuhr, hatte sie ihre Jacke vom Garderobenständer im Schlafzimmer geholt. Auch da wurde ihr Tempo jäh gebremst, die Schlaufe am Ärmel hatte sich unter die Türklinke geschoben! Kopfschüttelnd hält sie inne und weiß genau: Wollte sie den Hergang gezielt wiederholen, es gelänge kaum, dieses schmale Stückchen Stoff an eben diesen Platz zu bugsieren! Später, sie räumt die Lebensmittel in den Kühlschrank, liest sie auf dem Deckel der Rügenwalder Teewurst „Streichele mich" - nein, ungläubig schaut sie genauer hin: Kann eine Wurstpackung ihre Gedanken und Wünsche erkennen? Nein, da steht „Streich mich", beruhigt sie sich. Wickelt die Blumen aus dem Papier, geht ins Wohnzimmer um die große Glasvase, die oben auf dem antiken Schrank steht, herunterzuholen. Sie muss sich recken, auf Zehenspitzen angelt sie nach der Vase, schiebt sie langsam zu sich heran, umfasst sie und will zurück in die Küche gehen. Da hakt etwas, wieder fühlt sie sich festgehalten: Der Schranktür-schlüssel steckt in dem einzigen Knopfloch ihrer Bluse! Sie setzt sich, kann es nicht fassen: Eine Verschwörung? Ein Angriff auf ihre Person? Wie die Küchengeräte im Märchen, die nachts lebendig werden, sich Geschichten erzählen, im Haus herumtanzen? Ach was, sie ist nur zu viel allein, misst Gegenständen Bedeutung zu, die sie nicht haben, nicht haben können. Aber vielleicht ist da keine tote Materie, womöglich wollen die Dinge ihr etwas sagen, nur was? Mäßige dein Tempo, sei nicht so hektisch, habe Geduld?

Langsam steht sie auf, geht zurück in die Küche, kürzt die einzelnen Blumenstiele, vorher bitte anschneiden, hatte die Floristin gesagt, ordnet sie sorgsam in der Vase. Mit einen Schritt zurück betrachtet sie ihr Arrangement, ist unzufrieden, versucht, einzelne Blumen wieder herauszuziehen. Die Blumen aber verzweigen, verschwistern sich, wollen die einmal hergestellte Ordnung nicht widerstandslos aufgeben. Sie seufzt, lässt Blumenstrauß Blumenstrauß sein, gibt auf: Nicht ihr Tag!

Jubiläen an sich

Der Tag unserer Geburt ist, nimmt man es genau, der einzige Tag, der diesen Namen auch verdient: Alle anderen sind demzufolge Jubiläen dieses Tages. Früher dachte ich, 80-jährige müssen zahnlose Greise sein, die, wie im Grimmschen Märchen, vom Familien- an den Katzentisch verwiesen wurden, um da ihren Brei aus einem Holzschüsselchen zu löffeln.

Heute gibt es, dank ärztlicher Kunst, zahlreiche Ersatzteile für alternde Körper. Wir bekommen Zahn-Implantate, morsche Hüft- und Kniegelenke können ersetzt, eingetrübte Augenlinsen gelasert oder erneuert werden. Gegen Parkinson-Zittern wirft die Pharmaindustrie ständig neue Medikamente auf den Markt und bei Potenzschwäche helfen kleine blaue Pillen.

Die Schönheits-Chirurgen leisten Hervorragendes: Gehen verschwenderisch um mit Botox, straffen Gesichtsfalten, entfernen Doppelkinne, Meister darin, der Natur ein Schnippchen zu schlagen, gegen entsprechendes Honorar natürlich, versteht sich.

An unsere ersten drei Lebensjahre können wir uns in der Regel kaum erinnern: Das vermeintlich Erlebte setzt sich eher aus dem zusammen, was uns Erwachsene später darüber erzählt haben oder man orientiert sich an Hand von älteren Fotos. Fest verankert in meiner Erinnerung an Kindergeburtstage ist das Schokoladenspiel: Es kam darauf an, bei einer gewürfelten Sechs einen viel zu großen Mantel, eine viel zu große Mütze und viel zu große Handschuhe anzuziehen, um dann so ausstaffiert mit Messer und Gabel eine christomäßig verpackte und verschnürte Tafel Schokolade zu essen. Was natürlich nicht ging. Schon würfelte das nächste Kind eine Sechs, die Verkleidung wurde einem heruntergerissen und der Wunsch, ein Stückchen von der Süßigkeit zu erhaschen, schnell zunichte gemacht! Eine gute Schule, Enttäuschung zu überwinden, nicht auszuflippen, auch wenn man beim *Mensch ärgere dich nicht* - Spiel mal wieder verloren hatte!

Es gab Eierlaufen und Sackhüpfen im Garten, Kakao und Kuchen, glückliche Kinderaugen, wenn beim Topfschlagen ein Preis zum Vorschein kam. Heute gehen Eltern bei den Vorbereitungen generalstabsmäßig vor: Wie viele Kinder, in welche Autos, verteilt bei der Fahrt zum Kletterwald, zum Ponyhof, in die Spiele-Fabrik. Die Geburtstage gleichen Events, ein großer, auch finanzieller Aufwand, um den Nachwuchs glücklich zu machen!

Man erinnert sich an das erste Schulzeugnis, den ersten Kuss, die erste große Liebe mit richtigem Sex, das erste richtige Gehalt. An das Hochzeitsfest, die Geburt der Kinder, an außergewöhnlich schöne Urlaubsreisen. Überhaupt an alle runden Geburtstage, die größer gefeiert wurden. Man erinnert sich an ganz unterschiedliche Jahrestage und Jubiläen die begangen wurden, manchmal mit Freude, manchmal mit Wehmut, manch- mal mit beidem.

Doch die Lust, zu feiern, sich feiern zu lassen, nimmt mit dem Älterwerden zu- nehmend ab. Nervös wird man vor runden Geburtstagen, die Null im Datum lässt sich nicht so ohne weiteres ignorieren: Den Überlegungen, wen lade ich ein, was koche ich, welche Kuchen sind zu backen, Kopfzerbrechen über Wer sitzt neben Wem, sind genug Stühle da undsoweiter, entzieht man sich am besten durch Flucht: Plant eine Kurzreise, und genießt es, vorübergehend nicht erreichbar zu sein! Wieder daheim, hört man in aller Ruhe die Glückwünsche auf dem Anrufbeantworter ab. Wie gut, dass sich gesellschaftliche Verpflichtungen verringern, da auch die Tatkraft der Freunde gleichen Alters abnimmt, solche Einladungen noch zu stemmen: Sie verreisen auch.

Wenn überhaupt, lädt man ein ins Restaurant und lässt sich, herrlich entspannt, einfach nur bedienen!

Foto: privat

Ein Spaziergang

Im Januar hatte es drei Wochen fast un-
unterbrochen geregnet, Niesel- und Stark-
regen im Wechsel, der Himmel grau in
grau. Dann besinnt sich der Winter auf
seine Fähigkeiten, verwandelt über Nacht,
kleine Kostprobe seiner Kraft, die Welt in
eine wunderschöne, filigrane Zucker-
bäckerlandschaft. Millionen Eiskristalle
blitzen im Sonnenschein.

Er: „Komm, lass uns spazieren gehen,
ehe die ganze Pracht verschwindet, es taut
schon wieder".

Sie: „Henkenbergstrasse, seltsamer Name, ob hier früher Hinrichtungen stattfanden?"

„Soviel ich weiß, ist der Name *Henke* ein alter Stiepeler Hof- und Familienname. Aber hier in der Nähe, in der Galgenfeldstrasse, stand früher tatsächlich ein Galgen.

„Schaurige Gegend hier...".

(Eine runde, holzgedeckte Wanderhütte):

„Siehst du, wie die Stadt das Gebäude verkommen lässt? Auf der Wetterseite, hier sieh doch, alles morsch, es regnet rein, kein Mensch kümmert sich darum, am Ende kann es nur noch abgerissen werden".

(Spaziergänger kommen ihnen entgegen).

„Wer war das? Kanntest du die?"

„*Nein, wieso?*"

Aber die haben dich doch gegrüßt.

„*Sie haben* uns *gegrüßt, das ist hier so üblich*".

„Die grüne Plastikbank hier, wer die wohl aufgestellt hat? Fliegt sicher weg beim nächsten Sturm. Hier sollte eine richtige Bank stehen, schöner Blick auf die Burg Blankenstein. Aber auch dafür ist kein Geld da!

„*Ich habe in der Zeitung gelesen, dass man Bänke spenden und Vorschläge machen kann für einen guten Standort*".

„Das fehlte noch, ich zahle genug Steuern. Da werden Millionen verschleudert und für lumpige Bänke sucht man Sponsoren? Lachhaft! Der Bach ist neu, der viele Regen, da plätscherte sonst nichts. Auch die Koppel ist überschwemmt, da bekommen die Pferde nasse Füße. Der Bauer, dem alles gehört, ist jetzt kein Bauer mehr. Hat riesige Ställe bauen lassen, wie er dafür hier im Landschafts- Schutzgebiet eine Genehmigung bekommen hat, ist mir schleierhaft, vermutlich kennt er die richtigen Leute, spielt mit dem Stadtplaner Golf. Alle korrupt! Die Reiter müssen sich um alles kümmern, füttern, die Pferde bewegen, sie striegeln, den Stall ausmisten. Er selbst rührt keinen Finger mehr. Stell dir vor, er berechnet jedem Reiter oder Reiterin – das sind ja meistens Frauen, monatlich 100.-€ Miete, wahrscheinlich mehr, rechne aus, wie viel da zusammenkommt, der braucht sich nicht mehr krumm zu machen, hat ausgesorgt".

„Bitte sei mal leise, ist das nicht ein Specht?"

„Richtig, ein Specht, das Klopfen hört sich nach Futtersuche an. Wenn er eine neue Höhle zimmert, klopft es anders. Manchmal legt er zwei an, damit die zukünftige Madam Specht, anspruchsvoll wie viele Frauen, auswählen kann. Harte Arbeit für den Vogel, das dauert! Wir sollten hier entlang gehen, Richtung alte Schleuse, die wurde gerade renoviert, wieder schiffbar gemacht. Das Wasserwerk wird nicht mehr gebraucht, unser Trinkwasser kommt jetzt aus Witten. Warum gehst du denn so langsam? Trödele doch nicht so".

„Mein linker Fuß schmerzt!"

„Wie oft habe ich dir gesagt, zieh vernünftige Schuhe an! Und wie sieht das aus? Du immer ein paar Schritte hinter mir".

„Früher sind wir mal Hand in Hand gegangen!"

„Ja, früher..."

„Steht da nicht ein Fischreiher ?"

„Wo? Auf der Wiese? Ich sehe nichts... ach, doch, da hinten, das ist ein Graureiher. Da sind noch mehr, vielleicht schon Junge? Sind etwas kleiner, haben ein helleres Gefieder - schade, zu weit weg, hätte gern ein Foto gemacht. Hier hat früher ein schönes Fachwerkhaus gestanden mit Streuobstwiese, lange schon abgerissen, wird ja alles überschwemmt, wenn die Ruhr über die Ufer steigt. Aber die alten Obstbäume stehen noch - das da ist Birne".

„Ich glaube, es ist ein Pflaumenbaum".

„Nein, kann gar nicht sein, die werden nicht so hoch. Guck, die Hochwassermarke: Neunzig Zentimeter waren bisher das Höchste! Dieser Teil gehört zum Wassergewinnungsgebiet – betreten verboten".

„Ich würde gern irgendwo einkehren, etwas ausruhen. Bis zum „Alten Bootshaus" wäre es nicht weit".

„Nein, dorthin will ich nicht, der Kuchen immer eiskalt, nur angetaut, der

Kaffee eine Brühe und teuer. Die Sahne ist nicht frisch, kommt aus der Spray-Dose, das schmecke ich sofort. Nur wenn sie frische Waffeln haben, Waffeln mit heißen Kirschen und Vanilleeis, dann ja".

„Da steht: Winterpause – geschlossen bis 31. März!"

„Frechheit, die haben es auch nicht mehr nötig!

„Oh je, die holprigen Steine, schwer darauf zu gehen".

„Immer jammerst du mir die Ohren voll! Das ist der alte Treidelpfad, früher wurden die Kohlenschiffe und Lastkähne auf der Ruhr von Pferden gezogen. Das Pflaster ist bestimmt über 200 Jahre alt, historischer Boden".

„Bitte lass uns zurückgehen, ich kann nicht mehr".

„Wir nehmen den Radweg, ist asphaltiert. Im Winter geht das, aber im Sommer ist es die Hölle, viel zu schmal für die Menge der Radfahrer, gefährlich bei Gegenverkehr! Sind schon oft Unfälle passiert, völlige Fehlplanung, aber das kennt man ja: praxisferne Schreibtisch-täter! Wir kehren um, trinken unseren Kaffee Zuhause. Ich kenne eine Ab-kürzung, es geht aber etwas bergauf..., Achtung, stolpere nicht über die Metall-platte! Seltsam... sie scheint sich ver-schoben zu haben, warte mal, das inter-essiert mich jetzt: Was sich wohl darunter verbirgt? Ich möchte mehr sehen, fass mit an, wir schieben sie zur Seite. Eine Taschenlampe wäre jetzt nicht schlecht:

Oh, sieh mal, das geht ziemlich tief hinunter! Vielleicht der Eingang zu einem alten Stollen? Ich sehe Trittbügel in der Wand. Ich wage es, hilf mir, halte meine Hand fest, bis ich auf der ersten Stufe bin...

Was tust du denn, warum lässt du denn los, du sollst mich festhalten! Was machst du denn? Bist du verrückt geworden... Hilfe! - ich falle – Hilfe!"

Seinen verzweifelten Schrei ignorierend, macht sie sich, völlig ruhig und im Einklang mit sich und ihrem Tun, zurück auf den Heimweg. Spät in der Nacht gibt sie in der Polizeiwache Stadt-Mitte eine Vermisstenanzeige auf: Ihr Mann sei von einem Spaziergang am Nachmittag nicht mehr zurückgekehrt. Beschreibt seine Kleidung, Alter, Größe, und, ja, sein Handy trage er bei sich, doch er melde sich nicht.

Erst im Frühjahr, bei einer Routine-prüfung, entdeckt man den unbefestigten Eingang zum Schacht und findet in sieben Meter Tiefe eine männliche Leiche. Der Pathologe stellt Knochenbrüche an Arm und Bein fest, die aber nicht zum Tod geführt hätten: Der Mann sei verdurstet, verhungert, erfroren. Die hinzugezogene Ehefrau bestätigt die Identität des Toten, eine DNA und die noch gut erhaltene Klei-dung schließen jeden Zweifel aus. Es handele sich um einen Unglücksfall, kon-statiert der Staatsanwalt, der allerdings hätte vermieden werden können, wenn das für die Wartung zuständige Bergamt die lose Metallplatte eher entdeckt und entsprechend gesichert hätte. Die Behörde weist jede Schuldzuweisung vehement zurück mit dem Hinweis, dass wegen der Vielzahl der stillgelegten Zechen im Ruhrgebiet Überprüfungen, auch wegen Personalmangels, nur im Halbjahresrhythmus stattfinden können.

Die Akte erhält den Stempel „Erledigt" und wird im Archiv unter „Aufgeklärte Fälle" abgelegt.

(Am Tag nach der Trauerfeier erfüllt sich die frischgebackene Witwe einen lang gehegten Traum: Sie bucht eine Kreuzfahrt in die Karibik, Luxus-Kabine mit Balkon, das ganze Paket).

Vernetzung

Ihre Rückständigkeit hatte er nicht länger mit ansehen können, ihr kurzerhand zum Geburtstag ein Smartphone geschenkt und konnte nicht fassen, wie wenig sie damit zurecht kam.

Geduldig erklärt er seiner Frau die Vorgehensweise: Nicht so hektisch, mach langsam. Ganz sanft mit dem Finger übers Display wischen, nur ganz leicht und kurz antippen, du drückst viel zu lange und zu fest! Mit gespreiztem Daumen und Zeigefinger vergrößerst du das Foto, hier den Text, auf diesem Symbol kommst du ins Netz, so schwer kann das doch nicht sein...

In welches Netz, ich will doch nur telefonieren?

Es ist mehr als ein Telefon, ein Mini-Computer mit eingebauter Kamera! Du fotografierst doch so gern! Klick die Weltkugel an und du bist im Internet. Mit deinem Handy ging das doch bestens, allein wenn ich an die vielen SMS denke, die du mir gesendet hast.

Ja, da musste ich auf Tasten drücken, jede hatte eine Funktion, die wie erwartet kam, hier schwimme ich, dauernd macht das Smartphone etwas ganz von selbst. Es ist schwer, einzelne, viel zu kleine Buch-staben exakt anzutippen, ständig werden seltsame Wörter vorgeschlagen, die ich nicht benutzen will. Was soll das, damit weiß ich nichts anzufangen. Das irritiert, macht mich unsicher. Du kannst es wieder zurückgeben, ich will es nicht, wo ist mein altes Handy?

*Wie, du hast es mit anderem Elektro-
müll entsorgt? Dann kauf mir bitte ein
neues, ein ganz simples, mit möglichst
großen Tasten.*

*Bei der VHS bieten sie einen Kurs an,
um den richtigen Umgang mit dem Smartphone zu lernen? Da soll ich mich an-
melden? Mit anderen Tattergreisen einem
jungen Spund zuhören, der alles in Windeseile erklärt, ungeduldig ist und nicht
begreifen kann, warum es so lange dauert,
bis wir etwas verstanden haben?*

*Kommt nicht in Frage! Blamieren kann
ich mich anderswo!*

Anna

„Anna", ruft die Mutter von oben; sie schminkt sich vor dem Badezimmerspiegel, „Anna, du weißt, dass wir in 15 Minuten losfahren, sei also fertig"! Anna, die unten im Wohnzimmer vor dem Fernsehapparat sitzt, schreckt auf: „Wie, was, warum denn"? „Ja, hast du denn vergessen, dass wir zusammen in das Konzert von Pierre Boulez wollen"? Oh Mist, denkt Anna, wieso muss ich da mit? Vermutlich, weil Papa im Musikunterricht gerade diesen Typen durchnimmt? Bin ich wieder Versuchskaninchen? Sie quengelt: "Och Mama, muss ich denn"? „Kind", die Stimme der Mutter, etwas angenervt und nervös, „ich habe drei Karten gekauft, sie waren teuer, komm, zieh dich um".

Nach einem Moment der Stille erhebt Anna sich widerwillig. „Wer ist das überhaupt, Pierre Boulez, ist er in den Charts"? „Anna", die Stimme der Mutter klingt jetzt resigniert, du könntest dich ruhig einmal für etwas anderes als Herbert Grönemeyer und Co. interessieren, dieses Konzert ist etwas ganz Besonderes, der Komponist dirigiert selbst sein Stück, er ist schon alt, niemand weiß, wie lange er noch leben wird, du würdest ein Stück Musikgeschichte miterleben. Die Komposition heißt *Le Marteau sans Maitre,* er hat es 1955 geschrieben. Anna seufzt, französisch ist ihr Lieblingsfach, *Hammer ohne Meister,* denkt sie, hört sich gar nicht so schlecht an, steht auf und zieht sich um.

„Bin in fünf Minuten fertig", sagt sie zur Mutter, die die Treppe herunterkommt und Anna lächelnd ansieht: Mein Kind, meine Tochter, sinnt sie zärtlich, ist eine Wucht, ein Hammer!

(Pierre Boulez starb am 5. Januar 2016)

HARTZ IV

Bernd hatte die Aussicht, noch einmal Arbeit zu finden, inzwischen aufgegeben. Seine Sachbearbeiterin im Job-Center machte keinen Hehl aus der Problematik, einen 60-jährigen zu vermitteln, der bisher freiberuflich gearbeitet und sich bis in die Insolvenz heruntergewirtschaftet hatte. Aus dieser Zeit noch rührten seine Schulden. Der Arbeitslosenstatus verschafft ihm, außer Mietzuschuss und Übernahme des AOK-Krankenkassenbeitrages auch den sogenannten Bochum-Pass, eine Vergünstigung für den Besuch zahlreicher kultureller Einrichtungen.

Warum sollte er sich ernsthaft um Arbeit bemühen? Das bisschen, das er verdienen würde, zöge man ihm vom Arbeitslosengeld ohnehin ab: Nein, das machte keinen Sinn, er hat halt Pech gehabt, wie viele andere auch, die die Segnungen des Sozialstaates in Anspruch nehmen. Lästig ist, dass er an verordneten Weiterbildungen, sogenannten Maßnahmen teilzunehmen hat, auch regelmäßig Bewerbungsschreiben abschicken muss. Selten erhält er Antwort und noch seltener die Einladung zu einem Vorstellungsgespräch. Als Akademiker ist er für die meisten der angebotenen Jobs ohnehin überqualifiziert.

Seine Sachbearbeiterin ist sichtlich erfreut, wenn er bei den monatlichen Pflicht-Terminen vor ihrem Schreibtisch Platz nimmt. Sonst muss sie sich mit kaum deutsch sprechenden Flüchtlingen herumplagen. Er kann es nicht lassen, etwas mit ihr zu flirten – bei Frauen hatte er immer Erfolg – dann schiebt sie ihm, bedeutungs-

voll lächelnd, einen weiteren Kulturgutschein zu.

Bernds technisches Equipment ist das
Wertvollste, was er besitzt. Seine Digital-
Kamera und das Smartphone, Schnäpp-
chen, die er bei eBay ersteigert hat, ver-
steckt er, nicht auffindbar für den Ge-
richtsvollzieher, der immer mal wieder
unverhofft bei ihm anklopft. Dessen An-
kündigung hatte er, mit anderen amtlich
aussehenden Schreiben, ungeöffnet auf
einen nun schon beträchtlich ange-
wachsenen Stapel in der verstaubten
Fensterbankecke abgelegt. Es gibt nichts
zu pfänden in seiner kleinen Wohnung,
deren Einrichtung hauptsächlich aus über-
einandergestellten, alten hölzernen Obst-
und Bierkästen besteht und seine vielen
Bücher aufnehmen. Ein praktisches Bau-
kastensystem, dass sich schon oft bewährt
hatte bei überstürzten Umzügen, wenn er

die vom Amt überwiesene Miete ander-
weitig ausgegeben und der Hausbesitzer
mit Zwangsräumung gedroht hatte.

Tagsüber fährt er mit dem Fahrrad,
dem einzigen Fortbewegungsmittel, das
ihm geblieben ist, zu den Supermärkten,
deren Prospekte mit Sonderangeboten er
sorgfältig durchliest. Er ernährt sich
gesund, achtet auf Kleingedrucktes, ver-
meidet stark zucker- und fetthaltige Lebensmittel mit Geschmacksverstärkern.
Auf Fleisch und Wurst verzichtet er fast
ganz.

Am Abend, wenn ihn die Stille der
Wohnung bedrückt, lenkt er sich mit
Fernsehen ab, obwohl ihn das Programm
zwischen 20 und 22 Uhr wenig interessiert. Spiel- und Dokumentarfilme von
französischen oder italienischen Filme-
machern, die er mag, werden erst sehr

spät am Abend gesendet: Wie gut, dass er ausschlafen kann!

Den alten Plattenspieler hat er behalten, weil er sich von seinen Langspielplatten nicht trennen kann. Er ist überzeugt, dass die Aufnahmequalität der heutigen CDs im Vergleich schlechter abschneiden. Ist ihm nostalgisch zumute, hört er Franz Josef Degenhardts *Spiel nicht mit den Schmuddelkindern* oder andere Protestsongs der 60er Jahre, die ihn an seine Studentenzeit erinnern. Dann dreht er den Ton so weit auf, dass der unter ihm wohnende Nachbar wütend mit dem Besenstiel an die Decke klopft.

Jetzt hat er den *Tauschring* entdeckt, „Zeit ist unser Geld"- gegründet von Menschen, die an sozialem Miteinander und Nachhaltigkeit interessiert und wie er nicht unbedingt auf Rosen gebettet sind. Jeder bietet etwas an: man tauscht Hausaufgabenbetreuung gegen Fahrradreparatur, Hilfe beim Einkauf gegen Hemden bügeln, Fenster putzen für Nachhilfe am PC oder Smartphone. Jeder Einsatz wird nach einem ausgeklügelten Punktesystem registriert und verrechnet, niemand soll sich benachteiligt fühlen, es geht gerecht zu: Eine gute Sache! Bernd ist begeistert und obendrein lernt er interessante Menschen kennen. Gerade ist er mit Ulrike ins Gespräch gekommen, einer attraktiven, gebildeten Frau, etwas jünger als er selbst. Sie teilen viel Gemeinsames. Wenn er wieder einmal einen Kulturgutschein vom Jobcenter ergattert hat, gehen sie zu zweit in die Oper oder ins Theater.

Seit einige Politiker für ein *Bedingungsloses Grundeinkommen* plädieren, das, so der Plan, höher als die Hartz IV-Zuwendung ausfallen soll, blickt Bernd unbesorgt in die Zukunft, keine Angst mehr vor Altersarmut: Nie ist es ihm so gut gegangen wie jetzt!

Die Gedanken sind frei

Unruhig rutscht er auf dem Platz hin und her, sucht nach einer bequemen Lage, nicht ganz einfach, seinen gewichtigen Körper auf dem schmalen Klappstuhl unterzubringen. Wegen des großen Andrangs waren in aller Eile noch Stühle herbei geschafft worden, niemand sollte stehen müssen bei dem Stadtteilkonzert der Bochumer Symphoniker, *BoSy vor Ort*, Eintritt frei. Diese Stühle hatte man seitlich rechts und links von den vier – jetzt noch leeren Notenständern – in der Mitte platziert: Er sitzt nun unmittelbar am Geschehen, ein ungewohnter Blick *in* den Saal, die Gesichter des Publikums vor ihm, fast, als säße er mit auf dem Podium.

Robert Schumann, Streichquartett Nr. 3, A-Dur, erstes Stück im Programm. Die vier Musiker betreten den Saal, freundlicher Applaus. Er lehnt sich zurück, versucht sich zu entspannen, zuzuhören, doch seine Gedanken schweifen ab und er muss sich konzentrieren, um den inneren Monolog nicht laut werden zu lassen: „Papa, seit du allein lebst, hältst du Selbstgespräche, merkst du das nicht?" ermahnt ihn seine Tochter, wenn sie ihn, selten genug, zuhause besucht.

„Weshalb sitze ich jetzt hier, hätte daheim bleiben sollen, der Anzug passt auch nicht mehr, zwickt im Schritt und unter den Armen. Bin sowieso overdressed, alle in Freizeitkleidung, ich der Einzige mit Krawatte. Früher mit Elsa, als die Konzerte noch im Schauspielhaus stattfanden, unsere Vormiete, feste Plätze in Reihe neun, machte man sich fein, die Damen oft in lang. Erst Peter Zadek hat Jeans und Pullover salonfähig gemacht, wollte den einfachen Arbeiter erreichen, den Kumpel ins Theater locken, Hemmschwellen abbauen... in den Pausen wurde Erbseneintopf serviert.

Erster Satz *andante espessivo,* sehr engagiert gespielt, gleich folgt *assai agitato...* wie, da klatschen doch tatsächlich einige zwischen den Sätzen... Banausen!

So jung diese Musiker, zwei Frauen, Violinen, die dritte Viola und der Cellist, sie spielen im Stehen, besser so, klingt gleich viel weniger behäbig. Die große Schlanke, direkt vor mir, legt sich tüchtig ins Zeug, bewegt sich sehr anmutig, schade, kann ihr Gesicht nicht sehen, sicher ist sie hübsch. Tadellose Figur, enge, gut sitzende Hose, süßer Po. Die locker fallende, transparente schwarze Bluse mit dem wippenden Volant, der jede Bewegung ihres Geigenbogens mitmacht, irgendwie keck, als ob sie mir auf diese Weise zuwinkt...

Beifall, sie verbeugen sich in alle Richtungen, auch zu uns: Ja, sie ist hübsch, ich wusste es! Und ihr Lächeln...

Nächstes Stück von Krzysztof Penderecki, alter Pole, lebt der eigentlich noch? Ja, steht hier im Programm, geboren 1933, dirigiert und komponiert immer noch: Bewundernswert in dem Alter! Duo für Violine und Kontrabass: Keine leichte Kost, neuer, ungewohnter Klang, Zerstückelung der Melodie in Einzeltöne, es braucht etwas, sich ein-zuhören.

Oh, man klatscht, schon vorbei? Vier Sätze, aber ohne erkennbare Pause durchgespielt? Da habe ich wohl etwas verpasst...

Letztes Stück: Beethoven, Septett Es-Dur, Opus 20, kenne ich, schnell und temperamentvoll gespielt, schon eher mein Geschmack. Am Kontrabass eine zierliche Asiatin, das Instrument überragt sie um drei Kopflängen, äußerst ungewohnter Anblick!

Als Kinder sangen wir „Drei Chinesen mit dem Kontrabass", die Vokale mussten vertauscht werden, am schönsten ging es mit dem „Ü": drü Chünüsen müt düm Küntrübüss...- der Mund dabei klein und rund. Das hielt, wie erzählt wurde, eine Dame der Berliner Gesellschaft für vornehm, zog so ein winziges Schnütchen als sie von Max Liebermann porträtiert werden wollte. Darauf der Maler: „Wenn gnä' Frau wollen, lass ich ihn (den Mund) ganz weg"- ---oh je, Alter, jetzt nicht grinsen, konzentriere dich... wirst immer kindischer. Die aparte Geigerin ist auch wieder dabei, *Esiona Stefani* lese ich, allein der Name Musik, woher kommt sie wohl?

107

Esiona- war das nicht der Name eines berühmten Schiffes? Nein, Irrtum, bringe ständig Namen durcheinander, jetzt fällt es mir wieder ein: das Schiff hieß *Estonia*, eine Ostseefähre, die im September 1994 vor einer finnischen Insel sank, Hunderten von Opfern...

Wie, Konzert vorbei? Bravo, bravissimo! Beifall klatschen ist anstrengend mit Arthrose in den Händen, das lange Sitzen, wieder Gelenkschmerzen beim Aufstehen... wo mag das WC sein?

Wäre ich fünfzig Jahre jünger, würde ich auf Esiona am Ausgang warten, sie einfach ansprechen, versuchen, sie auf ein Glas Wein einzuladen..."

Träum nicht, Alter, geh nach Hause!

(K. Penderecki starb im März 2020)

21. März 2019, 22:04 Uhr Ausstellung

Die Schönheit im Vergänglichen

Der Leipziger Künstler Nils Franke nennt seine Skulptur "Malum".

Bild: Nils Franke

Kunstmesse

Da ist sie, die Stubenfliege, ein reinliches Tier was die eigene Körperpflege angeht. Gründlich, wie eine gewissenhafte Hausfrau beim Staubwischen, fängt sie *oben* an: Stützt sich auf ihre vier hinteren Beinchen und bewegt mit den zwei vorderen, quasi ihren Arbeitshänden, jeden Flügel auf und ab, ein leichtes Schütteln, weiter über den Hinterleib, den Kopf. Erst einmal das Grobe. Dann beginnt die Feinarbeit. Über den Körper, flugs hin und her, so schnell, dass mein Auge kaum nachkommt, den Kopf, husch, husch, obendrüber, zurück, wieder nach vorn, über die Augen, nach hinten, wieder in atemberaubendem Tempo. Eine sekundenlange Pause, in der sie die „Hände" durch Umeinanderreiben reinigt, die gleiche

Prozedur mit dem hinteren Beinpaar und weiter gehts, noch ist sie nicht zufrieden, zurück auf Anfang, das Ganze noch einmal. Am Schluss wieder die Flügel, ein jetzt sanfteres Auf und Ab, gut so, schließlich sind es ihre wichtigsten Fortbewegungsmittel, ohne die ist sie nichts. Ein Fliegenleben ist kurz, drei bis vier Monate - wenn sie Glück hat.

Fertig mit der Prozedur, fliegt sie los, der Teller mit Speiseresten scheint uninteressant, ihr Ziel ist mein Gesicht. Hartnäckig wiederholt sie ihren Landeanflug, versucht, meine Augen zu treffen, gibt trotz meiner Abwehr nicht auf: Himmel, was ist so verlockend an mir? Rieche ich appetitlich für Fliegennasen, ist es meine Körperwärme, an der sie teilhaben möchte? Tut mir leid, Fliege, du nervst, jetzt bist du dran: Ich schlage zu mit einem gerollten Magazin, zwei Fehlversuche, erwischt. Es kehrt Ruhe ein.

Warum fällt mir jetzt der *Struwwelpeter ein,* die Geschichte vom bösen Friederich, dem argen Wüterich: *Er fing die Fliegen in dem Haus und riss ihnen die Flügel aus*...So etwas tut man nicht, das war uns Kindern klar, nicht ohne Grund sagt man über einen sanften, friedliebenden Menschen „Er kann keiner Fliege etwas zuleide tun". Man kennt die gelben, mit Honig-Lockstoffen beschichteten Fliegenfänger, die noch heute in ländlichen, bäuerlichen Küchen zu finden sind: Wohl die beste Lösung, diese lästigen Plagegeister loszuwerden.

In den 70er Jahren las ich eine Novelle „Die Fliege" von George Langelaan, der als virtuoser Meister im Verfassen von makabren, fantastischen Geschichten gilt und die mit Recht als die schauerlichste

Erzählung des vorigen Jahrhunderts bezeichnet wurde: In der es einem Forscher gelingt, Gegenstände und Lebewesen in Atome aufzulösen und ihnen dann ihre ursprüngliche Gestalt zurückzugeben. Bei einem Selbstversuch gerät eine Fliege mit in die Versuchskabine und beeinflusst in unheimlicher Weise den Ausgang des Experiments: Sein menschlicher Körper, nun grotesk mit Fliegenkopf und Fliegenarm ausgestattet, ist er ein Monstrum in auswegloser Lage!

Beim Besuch einer Kunstmesse faszinierte mich der Anblick von kleinen Objekten, geschützt ausgestellt unter Glaskästchen: Ein Ei in einem Eierbecher aus Metall, der, versehen mit fein ziselierter Schmuckleiste, auf einem Puppenstuben-Holzstuhl steht. Das Ei selbst kunstvoll geschmückt mit Reihen von anthrazitfarbenen, V-förmigen Mustern, metallisch grünblau bis golden schimmernd, dazwischen zart Durchscheinendes, wie Seide Glänzendes: Was ist das? Welches Material hat der Künstler benutzt? Das zweite Objekt, ein Apfel in vertrauter Größe, verziert in gleicher Art; dazu Stecknadeln, deren Köpfe millimeterweise herausschauen, säuberlich angeordnet: Welcher Arbeitsaufwand, welches Geduldsspiel, welche Akkuratesse! Aber *woraus*? Ein Schild daneben informiert über Namen und Preis und noch immer rätsele ich: Wie nur wurde das gemacht? Ich kann mich nicht losreißen, schaue genauer hin, jetzt mit Lesebrille, und, man ahnt es: tatsächlich *echte* Fliegen! Wie eklig, wie abstoßend, und gleichzeitig faszinierend originell: wie kommt jemand auf diese Idee, wie an diese *Menge* gut erhaltener Fliegenleichen, es müssen Hunderte sein! Verarbeitet zu

Mini-Skulpturen, kleine Kunstwerke, wahre Kostbarkeiten, die ich nur zu gern in meinen Besitz bringen würde, überstiege der Preis nicht meine Mittel!

Gibt es *künstliche* Fliegen? Ja, nur so kann es möglich sein: logge mich ein in Anglerbedarfs-Portale, Stichwort Fliegenfischen, aber die Fliegen, die Angler benutzen, sehen ganz anders aus. Die *gemeine Stuben- oder Schmeißfliege* wird als Fischköder nicht angeboten. Im Katalog finde ich die Adresse des Künstlers, Nils Franke lebt und arbeitet in Leipzig. Per Email drücke ich meine Bewunderung aus, stelle meine Fragen. In seiner Antwort bedankt er sich für mein Feedback, erzählt, dass er die Viecher züchtet und füttert, dann wartet, bis sie von selbst sterben. Was ihn zu den Objekten anrege, *sei sein Hang zu morbiden, melancholischen und unterschwellig auch provokan-*

116

ten Werken, ohne auf „das Schöne" verzichten zu müssen. *Es sei die Ambivalenz des Ekels, die auch Teil seiner theoretischen Diplomarbeit ist.*

Wie, er *füttert* sie? Vor der Fliege ist das Ei, aus dem die Made schlüpft: Ich sehe ihn vor mir, diesen weißen, widerlich wimmelnden Haufen, der mir im Sommer den französischen Weichkäse, trotz Aufbewahrung unter der Käseglocke, madig gemacht hatte und ich ratlos grübelte: Wohin jetzt damit, wie das entsorgen?

Dennoch kann ich die Faszination des Künstlers mittlerweile nachvollziehen. Fliegen totzuschlagen, gar sieben auf einen Streich wie es dem tapferen Schneiderlein gelang, kommt nun nicht mehr in Frage.

Gerade versucht eine dicke, einsame Winterfliege mit viel Gebrumm die

Scheibe vom Küchenfenster zu überwinden, um ins Freie zu gelangen: Beispiel-
haft ihre Geduld, das einmal gesteckte Ziel
nicht aufzugeben. Weit öffne ich das Fenster, entlasse sie in die Freiheit.

Foto: Nils Franke

Foto: Florian Haberey

Hauptfriedhof

(Zwei ältere Männer auf einer Bank)

Heinrich:

Puh... anstrengend, bin hundemüde, die Rede des Pastors nahm kein Ende, und dann wie lang hinter dem Sarg herge-laufen... der Friedhof ist so riesig! Gut, dass es nicht auch noch geregnet hat! Lass uns einen Moment ausruhen... diese Bank muss neu sein, gut, dass auch mal an uns Ältere gedacht wird.

Hans:

Komm, da kannst du nicht meckern, eine schöne Leiche, wie man so sagt. Mir hat die Trauerfeier gut gefallen, die Kapelle bis auf den letzten Platz gefüllt, diese große Anteilnahme, so viele Kränze und Blumengestecke!

Und, gehen wir noch mit zum Kaffee-trinken?

Nein, keine Lust, Beerdigungen machen mich immer total fertig. Der Gedanke, selbst in einem dunklen Holzkasten zu liegen, von Würmern und Maden langsam zerfressen zu werden: unerträglich!
Ja, aber was willst du dagegen tun? Irgendwann erwischt es jeden von uns.
Schon klar, aber für mich bleibt Feuer die sauberste Lösung! Unsere Kinder wissen davon, den Platz für die Urne habe ich schon bestimmt, sie soll auf einem Waldfriedhof beigesetzt werden.
Und deine Frau? Will sie auch eine Feuerbestattung?
Nein, da können wir uns nicht einigen: Brigitte hält sich an das, was der Pastor bei der Trauerfeier sagte „Wir erwarten die Auferstehung der Toten und ein Leben

in der zukünftigen Welt". Stell dir das vor: Auferstehung des Fleisches und Ewiges Leben! Wer will das denn? Ein Leben sollte genügen, oder? Für Christen, sie besucht sonntags regelmäßig den Gottesdienst, ist dieser Glaube Trost, denken mit Zuversicht an das Ende des irdischen Lebens, haben keine Furcht vor dem Tod. Eigentlich beneidenswert!

Fürchtest du dich?

Nicht vor dem Tod, vielmehr vor der Ungewissheit, in welcher Form sich unser letztes Stündlein heranschleicht, man hört ja ständig Horrorgeschichten!

Die letzten Jahre geprägt von Alzheimer, Demenz, Parkinson, dem Krebs, den jeder Zweite in sich tragen soll. Womöglich im Pflegeheim landen, die eigene Familie nicht mehr erkennen können, eiligst gewaschen und gewindelt von überlasteten Pflegekräften, die sich vor den Ausscheidungen, *über die man die Kontrolle verloren hat, ekeln. Das hilflose Ausgeliefertsein in die Tatkraft der Ärzte, die Leben um jeden Preis erhalten müssen. Komplizierteste Operationen noch an Greisen! Da hilft auch eine Patientenverfügung, (keine lebensverlängernden Maßnahmen gleich welcher Art!) oft nur dann, wenn deine Angehörigen um die Durchsetzung kämpfen.*

Lass und von etwas Anderem reden, das ist zu traurig! Gut, dass wir nicht wissen, was kommt. Höre lieber auf das Vogelgezwitscher, so viele Arten, die hier ungestört nisten. Friedhöfe gleichen Oasen, Orte der Stille und Besinnung, der Autolärm nur ein entferntes Rauschen, fast wie am Meer. Siehst du das Kaninchen? Da, noch eins, ein ganz junges, so niedlich – aber sie fressen hier alles ab, die Friedhofsgärtner schimpfen.

Das ist ja noch harmlos! Immer wieder liest man von Grabräubern, pietätlose Gesellen, die mit Schneidbrennern und Rohrzangen anrücken, Kreuze und Skulpturen stehlen, nicht zu fassen!

Vielleicht zwingt sie die Not dazu? Die vielen Flüchtlinge jetzt, müssen viel zu lange auf ihren Asylantrag warten, arbeiten dürfen sie nicht während ihr Verfahren läuft. Langweilen sich in den Notunterkünften, brauchen dringend Geld, auch für die Familien zuhause.

Nein, das sind Kriminelle, gut organisierte Banden aus Osteuropa, bestens ausgestattet mit den notwendigen Werkzeugen, ruck-zuck bei Nacht und Nebel alles abmontiert, auf den LKW geladen und weg sind sie. Die Polizei tut Alles, um auf ihre Spur zu kommen!

Heinrich, wir gehen, lass die Toten ihre Toten begraben. Komm mit zum Kaffee-trinken. Am Anfang ist die Stimmung noch ernst, überschattet von der Trauer, einen lieben Menschen verloren zu haben. Aber wenn der Magen gefüllt ist und Alkohol die Zungen löst, wird es lustig, das ist immer so!

Foto: privat

Frühe Jahre

Gretelriede Nr. 48

„Erinnerung ist das einzige Paradies, aus welchem wir nicht vertrieben werden können!" (Jean Paul)

Jetzt, im Ruhestand, mit viel Zeit zum Nachdenken über das bisher gehabte Leben, tauchen Fragen auf, die nach Antwort suchen und bei Fragen wie: Wer bin ich, woher komme ich, wohin gehe ich... (noch) landet man zwangsläufig in der Kindheit, unserer frühen Prägung: *das* Fundament auf dem Weg zu dem späteren erwachsenen, verantwortungsvollen, im besten Fall *glücklichen* Menschen!

Unsere ersten drei Lebensjahre liegen im Dunkel, das, was wir wissen, stammt aus Erzählungen der Eltern und Fotos, die sie in dieser Zeit von uns machten. Nur wenige sind erhalten, ich wurde 1943 geboren, der Krieg sollte noch zwei Jahre dauern – man hatte ganz andere Sorgen!

Beim Durchblättern alter Alben finde ich ein Foto aus dem Jahr 1952 oder 53, ganz sicher bin ich nicht: Da stehen fünf kleine Mädchen auf der Treppe Gretelriede Nr. 48, dem Haus von Onkel Karl, Bruder meines Vaters, und seiner Frau Lisbeth, in Hannover-Herrenhausen: Die Cousinen Elisabeth und Ursel, wie Zwillinge in gleichen, hübschen Kleidchen: kein Wunder, ihre Mama, Tante Sophie, war eine sehr talentierte Schneiderin. Dazwischen Ingrid und rechts außen Marlies aus Loccum. Von mir ist nur ein dunkler Haarschopf zu sehen, der sich über Ingrid beugt, jüngstes Kind der 10-köpfigen Großfamilie, die damals meine liebste Spielgefährtin war.

Auf einem anderen, früheren Foto (1948?) sieht man Ingrid mit ihrer großen Schwester Hildegard, ich im dunklen Mantel rechts daneben. *Wer* die Fotos machte, weiß ich nicht, Anlass dazu sicher ein Geburtstagsfest oder eine Konfirmation, zu feiern gab es oft etwas.

Mit den Eltern und meinen zwei älteren Geschwistern Dieter und Marieluise, lebten wir in der Nachkriegszeit in Hannover äußerst beengt in zwei Zimmern mit Küche, im Hinterhaus in der Straße „Auf dem Lärchenberg". So kam mir das kleine Siedlungshaus am Bahndamm riesig und äußerst komfortabel, ja luxuriös vor: Allein wenn ich an die Toilette im Keller mit dem weißen WC-Topf denke: Wir hatten nur ein übelriechendes Plumpsklo im Hof, vor dem ich mich ekelte und ständig Angst hatte, hineinzufallen.

Hinter dem Haus in der Gretelriede gab es einen großen Garten, mit Apfel-Birnen- und Sauerkirschbäumen, köstliche Erdbeeren wurden geerntet, rote und schwarze Johannisbeeren, wir knabberten an Möhren, pulten Erbsenschoten, durften uns satt essen. Wie Tante Lisbeth diesen

10-Personenhaushalt plus Gartenarbeit ohne die uns selbstverständlichen elektrischen Hilfsgeräte bewältigte, bleibt mir ein Rätsel und ich kann ihre Kraft und Ruhe - sie war immer freundlich - im Nachhinein nur bewundern!

Ich sehe die lange Tafel vor mir, die an Festtagen über Eck vom Esszimmer bis ins Wohnzimmer reichte, sehe die vielen leckeren Torten und, obwohl wir Kinder selten an Süßigkeiten kamen, verschlug mir diese Üppigkeit den Appetit: Jetzt hätte man sich herrlich den Bauch füllen können, aber, seltsamerweise, reichte der Platz nur für *ein* Kuchenstück.

Dort stand ein Klavier und niemand hatte etwas dagegen, wenn ich ab und zu darauf herum klimperte. Oben stand eine Sammelbüchse, die mich sehr fasziniert hat: Ein kleiner farbiger Junge mit Turban saß auf dem rechteckigen Kästchen und beugte dankend den Kopf, wenn man eine Münze in den Schlitz warf: Spende für die Mission in Afrika: „Willst du den Heiden etwas schicken, so lass mich arme Waise nicken". Onkel Karl half manchmal mit einem 10-Pfennig-Stück aus.

Wenn Konfirmation gefeiert wurde, gab es im Flur eine Platte mit Zucker- und Streuselkuchen: jeder Gratulant aus der Nachbarschaft durfte sich, wenn er seine Glückwunschkarte oder die damals übliche Hortensie im Topf abgegeben hatte, ein Stück davon nehmen.

In der oberen Etage war das Zimmer für die sechs Cousins mit drei Etagenbetten, das Elternschlafzimmer und ein kleineres daneben für die zwei Cousinen, ausgestattet mit einem zusätzlichen Gäste-Gitterbett: Darin schlief ich, und wenn in der Nacht ein Schnell-Zug auf der vielbefahrenen Strecke vorbeirauschte, vibrierte jedes mal mein Bett, was aber keine Angst auslöste, im Gegenteil: Ich fühlte mich geborgen, kuschelte mich tiefer ins Kissen und schlief schnell wieder ein. Den großen Kleiderschrank nebenan benutzten wir gern als Sprungturm: Hinaufgeklettert galt es, mit einem gewagten Sprung den Abstand zwischen Doppelbett und Schrank zu überwinden und landeten glücklich in den weichen Kissen, was uns aber, wurden wir erwischt, verständlicher Weise verboten wurde. An andere Verbote erinnere ich mich nicht, wir hatten, drinnen wie draußen, unendlich viel Freiheit, es gab viel Abwechslung.

Ganz in der Nähe, Hermenweg Nr.7, stand ein weiteres Haus, in dem wir oft zu Gast waren: Das von Tante Frieda, Schwester des Vaters und Onkel Walter. Mit ihm und den Töchtern Ruth und Ilse wurde an Sonntagen oft Hausmusik gemacht, Mandolinen, Gitarre, Geige. Ich war auf einem Instrument weniger begabt, konnte aber alle Volkslieder mitsingen, die Verse dazu hatte ich im Kopf. Im Garten stand eine Schaukel, und während ich allein darauf hin und her schwang, begleitete ein leiser Quietschton die Bewegung, ein Geräusch, das ich heute noch hören kann: spüre wieder das damit verbundene Glücksgefühl, ungestört im Sommerwind, Vogelgezwitscher und Blumenduft.

Vermutlich war ich Plumpsklotraumatisiert, denn deutlich sehe ich auch auch *dieses* WC vor mir, neben dem ein hoher weißer Emaille-Krug mit Wasser zum Nachspülen stand. In einer Zigarrenkiste ohne Deckel lagen sorgfältig geschnittene Rechtecke aus feinem, dünnen Papier, um sich damit den Po abzuwischen: gewonnen aus Seiten veralteter Kursbücher der Deutschen Bahn, wo Onkel Walter beschäftigt war.

Ich erinnere mich an Abendessen in der Küche, wo unter dem Tisch in einem Karton Gänseküken leise miteinander schnatterten: wegen der kühlen Nacht hatte man die Winzlinge ins Haus geholt. Vermutlich ist es diese anheimelnde, friedliche Atmosphäre, die mir dieses Bild so nachhaltig ins Gedächtnis ruft. Tante Frieda eine tipptop Hausfrau, alles war blitzblank und ordentlich, etwas, was ich bei uns zuhause eher vermisst habe: Unsere Mutter hatte es nicht so mit Ordnung, in der winzigen Küche herrschte ein einziges Durcheinander. Ständig war sie überlastet und nervös.

Unvergessen auch die Zeit, die wir in Loccum sein konnten: Oft in den Sommer oder Herbstferien, wo ich nie gelernt habe, den hölzernen Rechen so zu benutzen, um mit *einem* Schwung den Heuhaufen zu wenden oder als Onkel August mir zeigte, wie, mittels eines Fleischwolfs, Gehacktes aus einem Stück Schweinefleisch entsteht. Klar, dass mein Blick auf diese Zeit verklärt ist, ich das Landleben idealisiere: für alle dort auf dem Hof bedeutete es tagtäglich anstrengende, harte Arbeit. Für uns Ferienkinder eine Ausnahme, etwas Besonderes, Urlaubsreisen, gemeinsam mit den Eltern, gab es nicht.

Loccum Nr. 28

Alle Cousins und Cousinen meiner Generation haben Erinnerungen an das schöne, alte Fachwerkhaus – erbaut 1835 – an unsere Besuche bei Onkel August und Tante Mariechen, den Kindern Willy und Hermann, Inge und Marlies. Die Inschrift über dem Dielentor mit den verschnörkelten, gotischen Buchstaben:

Jesu wohn in meinem Haus, weiche nimmer mehr daraus. Oh du großer Segensmann, komm mit deinem Segen an, gib das Friede, Glück und Heil, meinem Hause werd zu teil

machte mir anfangs noch Probleme, ich las *Gegensmann*, und rätselte, was wohl ein *Gegen* sein könnte.

So vielfältig und verschieden wie die Menschen, die dieses Haus bevölkerten, Väter, Mütter, Onkel, Tanten, Kinder und Kindeskinder, so unterschiedlich sind die Erinnerungen jedes Einzelnen: Nichts aber geht verloren, alles auf inneren Festplatten gespeichert, abrufbar, wenn ein Geruch, ein Geschmack, eine Farbe, eine Melodie den Impuls auslöst: Alles ist wieder da, als sei es gestern erst geschehen:

Loccum Nr. 28, ein Bauernhof, ein landwirtschaftlicher Betrieb, später geführt von Willy und Anneliese, danach von Hermann und Elfriede, wo es immer viel Arbeit gab, alle Hände gebraucht wurden, und auch die Kinder, die zu Besuch waren, mit anfassten.

Loccum Nr. 28 hieß, von Hannover kommend, umsteigen in Stadthagen, weiter im roten Triebwagen bis Loccum

Bahnhof (ist leider längst Geschichte...) war Mithelfen auf dem Feld, Rüben verziehen, ungewohnte, anstrengende Arbeit auf nassem, schweren Lehmboden, um so köstlicher aber dann in der Pause der Geschmack von Milchkaffee, den Inge – sie kam mit dem Fahrrad – uns brachte...

war Heu wenden in Sommerhitze, mein unbeholfener Umgang mit dem Rechen, der Uschi und Elisabeth viel besser gelang, aber jeder von Onkel August den Arbeitslohn von 50 Pfennig bekam...

war regelmäßig Samstagnachmittags den schmalen Sandstreifen zur Rehburger Straße, die gesamte Hausfront entlang schön ordentlich glatt harken, keine Fußspur durfte mehr sichtbar sein...

war mit dem Rad zum Kloster-Friedhof fahren, um unter Anleitung von Inge die Gräber der Verstorbenen zu pflegen,

Blumen zu pflanzen, von Unkraut zu befreien...

war auch Freizeit, der Besuch der alten Badeanstalt, kurz vor der großen Kreuzung links, in der runde lange Holzbalken den Nichtschwimmerbereich vom tieferen Wasser trennten ...(gibt es schon lange nicht mehr)

waren gemeinsame Ausflüge zur *Porta Westfalica,* aber vergessen, wie wir dorthin kamen, mit dem Zug, mit Autos, wer dabei war? Fotos habe ich nicht...

waren Geburtstagsfeste, fröhliche Lieder singen wie das von „Herrn Pastor sin Kau", (*Ostern war sie dick und drall, Pfingsten lag sie tot im Stall...*) - seltsam, Jahrzehnte lang nicht daran gedacht, doch sofort sind alle Strophen wieder präsent.

war das Spielen mit dem schwarzen Hofhund *Molli,* der dankbar (wer hätte sonst dazu Zeit gehabt?) Stöckchen apportierte, die mein Lieblingscousin Gerhard in weitem Bogen warf...

war spannendes Eiersuchen, nicht nur zu Ostern, sondern das ganze Jahr über, wenn die frei herumlaufenden Hühner ihre Eier irgendwo ablegten (auch auf dem Heuboden) die unbedingt *vor* dem Verfallsdatum gefunden werden mussten. Heute gingen sie als teure Bio-Eier in den Verkauf...

war prickelnder Aufklärungsunterricht, den Stadtkinder wie ich so nebenbei bekamen: Immer dann, wenn der Eber zur Sau gebracht wurde (oder war es umgekehrt? Nicht jeder Bauer hatte ein männliches Schwein zwecks Nachwuchserhaltung...), und ich den Zusammenhang, wie neues Leben entsteht, begriff, wenn nach vier Monaten die niedlichen rosa

Ferkel mit den lustigen Ringelschwänzchen geboren wurden...

Im Schweinestall herrschte während der Fütterungszeit ohrenbetäubender Lärm, Gedrängel, Gegrunze und Gequietsche vor den Trögen, jeder wollte der Erste sein. Wenn aber Hermann einen lauten, schrillen Pfiff ertönen ließ, war für Sekunden Totenstille, kein Muckser zu hören im Stall, bevor der Lärm, wie auf Kommando, dann unvermindert weiterging...

war das schöne, geräumige Schlafzimmer oben im Wohnhaus, das Inge und Marlies bewohnten, mit freiem Blick auf den Bauerngarten und die ansteigende Rehburger Strasse entlang. Möbliert mit Doppelbett in hellem Birkenholz und einer Frisierkommode mit bewegbarem, 3-teiligen Spiegel, Luxus, um den ich meine Cousinen beneidete...

waren Autofahrten in der Dämmerung über Landstraßen zurück nach Hannover, wo sich zig-Kinder in das Auto von Onkel Karl quetschten – das Licht in den Fenstern der vorbei flitzenden Häuser leuchtete heimelig – und wir, müde und zufrieden, sangen: *Ade nun zur guten Nacht, jetzt wird der Schluss gemacht, denn ich muss scheiden...*

Ja, und irgendwann wurden wir erwachsen: statt Konfirmation feierten wir Hochzeiten, die Mitglieder unserer Großfamilie zerstreuten sich. Einige blieben in der Nähe, manche wanderten aus, fast alle sorgten für Nachwuchs, blieben ihrem Glauben und der evangelischen Kirche, der Konfession, in die sie hineingeboren wurden, treu. Unseren Bruder Dieter zog es zurück nach Loccum, er unterrichtete die Grundschulkinder, war sehr beliebt! Unvergessen die tollen

Parties, die in seinem Junggesellen-Bungalow, nah am Klosterwald gelegen, gefeiert wurden, (ich versuchte immer, von Bochum kommend, keine zu verpassen...). Spät erst gründete er eine Familie mit Petra, der Musiklehrerin, die Kinder Barbara und Michael kamen dazu, es fand sich ein größeres Haus am Ortsrand in der Straße „Im Felde". Seinen 80.Geburtstag erlebte er nicht mehr und ich bin traurig.

Die Gespräche mit ihm fehlen mir sehr.

Er ist nicht der Einzige, dessen Tod zu beklagen ist, allen aus meiner Generation rückt das Ende des irdischen Lebens näher: Jetzt sind wir die Alten! Ich hoffe, dass die Nachrückenden weiter an der Tradition der alle vier Jahre stattfindenden Familientreffen festhalten und das Haus Loccum Nr. 28 – da, wo alles begann – weiter in Familienbesitz bleiben wird!

Der Geschmack von Kindheit

Schwierigkeitsgrad *simpel* sagt das Rezept für einen Apfelauflauf mit Mandeln-Streuseln, Arbeitszeit *30 Minuten.* Das Foto im Internet bei *Chefkoch.de* sieht appetitanregend aus. Ich backe nur, wenn Gäste zum Kaffee kommen, aber eine Freundin, Gartenbesitzerin, hat den Korb mit Äpfeln spontan vorbeigebracht, reiche Ernte in diesem Sommer, sie weiß nicht, wohin damit, verteilt das immerhin ungespritzte Obst großzügig im Freundeskreis.

Die Äpfel, klein, fest, rotbackig, sehen mich erwartungsvoll an, signalisieren: *Komm, mach was mit uns.* Ein Blick in die runde Blechdose mit Backzutaten zeigt, dass alles vorhanden wäre, was im Rezept steht, auch Rosinen und ein Tütchen mit geriebenen Mandeln, Verfallsdatum heute:

Wink des Schicksals, okay, dann los, kneifen gilt nicht, warum nicht mal backen *ohne* Anlass? Schneide Äpfel in Spalten, lege sie in die flache, gebutterte Auflaufform, träufele Zitronensaft, bestäube mit Zimt, knete Teig, der sich aus Mehl, Zucker, Butter und Mandeln krümelig verbindet und gebe ihn über die Äpfel. Mist, Rosinen vergessen, drücke sie nachträglich in den Teig, eine Notlösung.

Nach einer halben Stunde zieht der köstliche Duft von frischgebackenem Kuchen durch die Wohnung. Gut gemacht, jetzt noch eine Kugel Vanilleeis obendrauf, warte, nicht so gierig, erst etwas abkühlen lassen...

Die Rosinen sind da, wo kein Teig sie bedeckte, etwas schwarz geworden, schmecken süß und leicht bitter und plötzlich ist sie da, die Erinnerung: Geruch, Geschmack der Kindheit, 70 Jahre im Verborgenen geschlummert, es braucht nur einen Auslöser:

Jeden Sonnabendnachmittag schickte mich unsere Mutter zum Bäcker um einen Stuten zu kaufen, ein Hefe-Weizenbrot in Zopfform mit Rosinen. Auf dem Heimweg, ich bummelte, ließ mir extra Zeit, pulte ich mit spitzigem Zeigefinger die äußeren Rosinen ab. Beliebtester Botengang am Wochenende; die Frau Mama drückte lächelnd ein Auge zu beim Anblick des etwas ramponierten Brotes.

Aber auch Salziges reizte meinen Kindergaumen: Für ein paar Pfennige gab es von der Firma „Maggi" winzige Suppen-würfel, (es gibt sie heute noch!) die ich wie eine Ziege, die Mineralien braucht, ableckte. Ebenso beliebt waren Salmiak-pastillen, die sich zu fantasievollen, stern-förmigen Mustern auf den Handrücken kleben ließen und einen langen Genuss versprachen.

Was Büchern (auch) passieren kann...

Gedicht *Das Buch* (Heinrich Seidel, 1842-1906)
geändert mit zeitgemäßem Schluss:

Der Erste schreibt es,
der Zweite vertreibt es,
der Dritte verschmäht es,
der Vierte ersteht es,
den Fünften entflammt es,
der Sechste verdammt es,
der Siebente schätzt es,
der Achte versetzt es,
der Neunte verpumpt es,
der Zehnte zerlumpt es:

am Ende landen fast alle, im Reißwolf der
Recycling-Halle....

oder man verbrennt sie:

Vor grauen Jahren lebt ein Mann in Osten, der einen Ring von unschätzbarem Wert aus lieber Hand besaß. Der Stein war ein Opal, der hundert schöne Farben spielte und hatte die geheime Kraft, vor Gott und Menschen angenehm zu machen...

Mit diesen poetischen Sätzen beginnt die Ringparabel. Nathan der Weise in Lessings Drama weicht der Frage Saladins „Welche von den drei monotheistischen Religionen er für die die einzig Wahre hält", klug aus: Er will, kann sich nicht festlegen, jede Antwort würde ihm zum Nachteil gereichen!

Als es am 10. Mai 1933 auf dem Berliner Opernplatz und zeitgleich in vielen anderen deutschen Städten zu Bücherverbrennungen kommt, stehen die Werke Lessings nicht direkt auf der Liste

der verfemten Autoren und der zu ver-
brennenden Literatur, die Aufführung
seines Dramas aber wird verboten. Ein
menschlich vorbildlicher Jude wider-
sprach der Nazi-Ideologie, so jemand
konnte, durfte es nicht geben!

Schaut man auf die *Schwarze Liste* von
schädlichem, unerwünschtem Schrifttum,
verfasst von einem Bibliothekar Dr.
Herrmann, liest man die Namen von
Heinrich Mann, Arthur Schnitzler, Franz
Werfel, Kurt Tucholsky, Ernest Heming-
way, Berthold Brecht und weiteren
bekannten Autoren. Die Auflistung *Zur
Säuberung der öffentlichen Büchereien*
umfasste 1933 ca. 3000 Titel, 1935 war sie
auf 12.400 Titel angewachsen, unfassbar!
Nach 1945 haben fast alle Werke dieser
von den Nazis verfemten Autoren Eingang
in die Lehrpläne für den Deutschunter-
richt gefunden und stehen heute wieder in

den Regalen unserer öffentlichen Bibliotheken!

Wir leben in einer glücklichen Zeit ohne Zensur. In der jährlich der *Börsenverein des deutschen Buchhandels* den *Besten Roman in deutscher Sprache* kürt und die Liste mit Neuerscheinungen und Bestsellern immer unüberschaubarer geworden ist. Wir sind medialem Dauerfeuer ausgeliefert, es kommt vor, dass wir auf Autoren hereinfallen, die heute gefeiert und morgen schon wieder vergessen sind. Viele Verlage folgen dem Prinzip der Marktwirtschaft „Nur ein verkauftes Buch ist ein gutes Buch": Es muss sich rechnen!

Ohne Zensur? Nicht ganz. An der Düsseldorfer Rheinoper wurde vor einiger Zeit die heftig umstrittene Wagner-Inszenierung *Tannhäuser* vier Tage nach der Premiere vom Spielplan genommen, weil einige Zuschauer die nazi-braunen

Spielszenen nicht verkraftet hatten und sich in ärztliche Behandlung begeben mussten(?)! Der Intendant Christoph Meyer hatte dem Druck der Öffentlichkeit, es gab bundesweite Schlagzeilen, nachgegeben und wehrte sich im Anschluss gegen Zensur-Vorwürfe.

Waltraud Sophie Reich, geb.1943 in Hannover

1957- 1960 kaufmännische Lehre

1961- 1963 Anlernling im Gemäldehandel

1964- 69 Mitarbeit im Kunst-u.Buchhandel Verlag H. Feesche, Hannover

1970 Umzug nach Bochum

1987 Gründung der Galerie Reich Brunsteinstr. 1, Bochum

2004 Ende der Galerietätigkeit, Beginn mit Schreiben

2009 Mitglied in der Autorengruppe „Bochumer Literaten"

2011 Romanbiografie: „Wie lieblich sind meine Wohnungen"

2011 - 15 Veröffentlichung von Kurzge-schichten in div. Anthologien

2015 Erzählband: „Planmäßige Ankunft"

2018 Beiträge im Sammelband „Zehn Jahre Bochumer Literaten", Projekt-Verlag Bochum/ Freiburg.

Mein herzlicher Dank gilt Dr. phil. Wolfgang Viertel, Bochum, ohne ihn wäre eine druckfähige PDF-Datei nicht zustande gekommen.

Inhalt

.